1.

Il fait déjà chaud en ces premiers jours de printemps à Paris. L'agitation des premières heures de la journée a laissé la place à un calme relatif. Les camionnettes blanches de livraison continuent leur manège. Les livreurs font la course pour tenir les délais imposés par les consommateurs. Ils profitent d'une circulation fluide en cette fin de matinée. Comme la majorité des rues parisiennes, le boulevard Magenta ne fait pas exception et respecte le rituel de début de semaine.

Le sans abri installé devant la vitrine de la boutique de prêt à porter a ainsi pu observer le balai des hommes de la propreté de Paris, camions poubelles et balayeurs, puis sont apparus les camions réfrigérés qui livrent les brasseries du coin. Les hommes d'affaires, pressés, sont alors sortis des immeubles, déjà concentrés, l'oeil sur leur téléphone portable. Les mères de familles ont suivi avec les enfants les plus jeunes, pressées aussi, elles tenaient les enfants d'une main et contrôlaient leurs emails de l'autre. Les adolescents ferment enfin la marche de la famille. Ils apparaissent un peu plus tard, beaucoup moins pressés. Ils semblent négligés, mais le sans abri averti, fin observateur, sait qu'il ne s'agit que d'une farce. L'essentiel étant dans l'apparence, il ne faut rien négliger. Ils s'interpellent, se saluent d'une manière incompréhensible et, pour la plupart, ont aussi un oeil sur leur téléphone portable. Viennent enfin les camionnettes blanches qui livrent les achats effectués la veille sur internet.

Le sans abri avait tout vu, lui que personne ne voyait, lui que tout le monde semblait ignorer. Il n'y avait plus que les enfants pour s'étonner de voir un homme dormir sur le trottoir, sur des cartons empilés en guise de matelas isolant. Chassé par l'ouverture de la boutique devant laquelle il avait trouvé un abri, il s'était replié sur le banc en bas de la rue. Il avala une gorgée d'alcool et s'installa du mieux possible et s'endormi.

Lui qui avait tout vu depuis les premières heures de la matinée, avait raté Paul. Il aurait pourtant été étonné de voir cet homme revenir dans son quartier à peine une heure après l'avoir quitté pour s'installer à la brasserie en face de chez lui, les yeux rivés sur l'entrée de son immeuble. Comme tous les habitants de son quartier, Paul n'était pas très attentif à l'agitation, il se satisfaisait de la routine, il semblait se rassurer dans la normalité, se fondre dans le décor était pour lui le gage d'une vie réussie.

Pourtant, ce lundi matin, alors qu'il était installé dans la brasserie en face de chez lui, la vie semblait prendre une tournure différente. Paul, expert modérateur, avait néanmoins décidé de contourner l'obstacle qui se présentait et avait opté pour une posture attentiste, posture qu'il affectionnait particulièrement.

Le garçon de café venait de lui signifier qu'il devait libérer la table, celle ci était réservée pour les personnes qui déjeunaient. Paul en était à son quatrième café. Il avait tout d'abord opté pour une consommation rapide, ne sachant pas exactement combien de temps il avait devant lui. Mais cela faisait maintenant deux heures qu'il était assis là, stratégiquement installé à proximité de la sortie avec une vue imprenable sur la porte de son immeuble, à une dizaine de mètres de l'autre côté de la rue. Cela ne faisait pas du tout partie de ses plans, mais comme d'habitude il s'était adapté. Maintenant davantage curieux, il ne quitterait son poste d'observation que lorsque la voie serait libre.

Il envoya un SMS à deux collègues pour leur dire qu'il ne serait pas de retour au bureau avant le début d'après midi. Il se doutait bien que cela ne dérangerait personne. Le nombre d'individus avec lesquels il avait des interactions professionnelles était en baisse régulière depuis plusieurs mois. Une demi journée d'absence non prévue pour bien commencer la semaine serait indolore pour la bonne marche du service. C'était l'avantage de ne servir à rien : on n'était redevable pour personne, l'absence de pression ultime en quelque sorte. Paul sourit et commanda un plat du jour avec un demi. La dose de cafés ingurgitée depuis ce matin commençait à avoir un effet sur son système digestif. Avaler un plat chaud lui ferait certainement du bien. Et, puisque sa femme avait décidé de prendre son temps, il n'allait pas se priver pour prendre le sien.

Le plat du jour, « nouilles sautées au boeuf, coriandre et petits légumes », était excellent. Paul raffolait de la cuisine asiatique, elle représentait pour lui l'excellence de l'alimentation saine, équilibrée, irréprochable. Il était surpris de constater que la brasserie en face de chez lui pouvait servir ce genre de plats. Il passait tout les jours devant celle ci, sans même s'arrêter. Il habitait depuis dix ans en face et il n'avait pas souvenir d'avoir déjà consommé quoique ce soit à l'intérieur. Il avait suffit d'une coïncidence incroyable pour qu'il soit assis là à savourer son plat de nouilles. Paul se voulait un homme simple et il décida que sa semaine ne pouvait finalement pas mieux commencer.

Pourtant la journée avait plutôt mal débuté, il avait pénétré dans les locaux de l'entreprise avec l'envie furieuse de faire demi tour, de partir simplement en courant. Il connaissait ce sentiment et avait appris à vivre avec. Il l'avait apprivoisé, il était capable de jouer une comédie et de se transformer en salarié modèle. Celui qui faisait semblant de s'intéresser aux réunions interminables, de parcourir les comptes rendus, d'animer des sessions de formation dans lesquelles il présentait pourtant les mêmes slides depuis cinq ans. Ce matin, les choses avaient été un peu différentes. Un email l'attendait dans sa boite professionnelle. Il venait de la direction des ressources humaines, on lui demandait expressément de transmettre avant la fin de la semaine une présentation sur les nouvelles règles communautaires en matière d'investissement sur les marchés émergents. Paul connaissait ce type d'email, il savait qu'il avait fait l'objet de lectures et de validations successives. Il s'agissait tout simplement d'un ultimatum qu'il convenait de prendre au sérieux. Paul marmonna quelque chose, il lui manquait des documents qu'il devait aller chercher chez lui, il profita de l'occasion pour filer.

Il s'apprêtait à traverser la rue pour rentrer chez lui lorsqu'il aperçu Anne devant la porte de leur immeuble. Elle n'était pas seule, un homme était en discussion avec elle. A côté de son petit gabarit, l'homme paraissait immense. Paul ne s'attendait pas à trouver sa femme devant leur immeuble. Elle était partie travailler bien avant lui ce matin, il fut troublé par la coïncidence de ce double retour à domicile. Il n'eut pas besoin de patienter longtemps avant de constater leurs premiers baisers. Etait ce vraiment les premiers ? Rien n'était moins sûr. Ils semblaient avoir l'habitude, leurs lèvres se sont trouvées naturellement. L'homme, du fait de sa haute taille, du se pencher en avant, et Anne du haut de son mètre cinquante, avait passé ses bras autour de son cou et semblait suspendu à l'homme, ses pointes effleurant à peine le sol. Ils pénétrèrent dans l'immeuble aussitôt après.

Paul était soucieux, ce n'était pas dans les habitudes d'Anne. Elle s'était toujours arrangé pour tromper son mari de manière plus ou moins discrète. Mais il en était certain, c'était la première fois qu'elle ramenait un amant chez eux. Décidé à la laisser une nouvelle fois tranquille, Paul s'était installé à une table de la brasserie en face de l'immeuble, ravi d'avoir un peu de temps à tuer. Ne rien faire était pour lui une activité en soi.

Des amants d'Anne il en avait connu une petite dizaine. Il se doutait que sa liste n'était pas exhaustive, certains avaient dû passer entre les mailles du filet. Il n'avait jamais abordé la question avec sa femme, préférant jouer le rôle du simplificateur, celui qui fait comme s'il ne savait pas. Il imaginait que sa femme avait besoin de prendre des amants. Il avait élaboré des théories sur le sujet : pour se sentir plus femme, pour avoir davantage confiance en elle, pour exprimer la colère, pour profiter de la vie … Il ignorait la raison véritable, mais toutes ces hypothèses étaient valables à ses yeux. Elles justifiaient l'adultère, ou en tous cas, il ne voyait pas au nom de quoi, il pourrait interdire à sa femme de voir d'autres hommes. Qui était il pour cela ? Paul aimait sa femme et le plus important pour lui était qu'elle soit encore présente à ses côtés après toutes ces années.

Il était maintenant quatorze heures passées, et Paul estima qu'il était temps pour lui de retourner au travail. Anne et son amant n'étaient toujours pas sortis de l'immeuble. Il ne se voyait pas revenir à son poste sans la documentation qu'il était parti chercher. Il se résout donc à envoyer un message à sa femme pour l'avertir qu'il allait passer chez eux et lui laisser le temps de quitter l'appartement avec son amant. « Je suis dans le quartier, je passe d'ici 10 min à la maison prendre des docs. Tu es ou ? ». Son SMS lui sembla ridicule, il était presque gêné de la forcer à mentir. Il laissa passer quinze minutes sans recevoir de réponse. Il tenta de l'appeler, le téléphone sonna avant de basculer sur la messagerie. Paul décida, à regret, de rentrer chez lui. Il le fit prudemment, s'assurant que la voie était libre, du porche à la porte de l'escalier qu'il retint pour ne pas qu'elle claque, de l'escalier à la porte de l'appartement du deuxième étage, qu'il ouvrit le plus discrètement possible. Il s'était presque résolu à les laisser tranquilles dans la chambre, à se saisir de ses documents de travail et à quitter l'appartement sans être vu ou entendu. Il n'en eut pas besoin. Personne n'avait pénétré dans l'appartement depuis qu'il l'avait quitté ce matin.

Isabelle avait terminé sa journée de travail depuis deux heures maintenant. Elle parlait volontiers de ses journées de travail même si celles ci débutaient à 21h et se terminait à 6h le matin. Personne ne l'attendait à l'extérieur et elle appréciait ces moments entre collègues, lorsque l'équipe de nuit se retire et laisse la place à l'équipe de jour. Comme d'autres boivent un verre à la sortie du bureau, elle se détendait autour d'un café à écouter les derniers potins de l'hôpital. Ce matin là l'ambiance était détendue, on fêtait l'anniversaire d'une nouvelle interne, et on avait remplacé le café par une bouteille de champagne. Celle ci n'était pas spécialement autorisée dans le service, si bien que la dose se limitait souvent à un demi gobelet que tout le monde buvait rapidement. Le professeur Dumont, médecin chef du service, fit son apparition dans la salle de pause, il fit semblant d'ignorer la bouteille visible au centre de la table et s'adressa directement à Isabelle.

- Isabelle, vous avez un instant pour une dernière visite, pour la 112 ?
- Bien sûr, professeur.

Isabelle se leva et suivi le professeur dans le couloir. Le professeur faisait souvent appel à elle pour les visites délicates. Isabelle appréciait la marque de confiance et, même si elle avait du mal à se l'avouer, elle appréciait de se voir confier la gestion des cas difficiles. Elle se sentait en progression et cela la valorisait. Dumont évoluait dans les couloirs de l'hôpital d'un pas calme, régulier et d'une extrême lenteur. Un malade en béquille pourrait facilement le doubler. Il avait expliqué un jour que c'était sa manière à lui de casser le rythme effréné de ses journées, et que cela ne l'avait jamais empêché de finir ses journées de travail dans les temps. La proximité entre le professeur et l'infirmière avait souvent fait jaser dans les couloirs du service, Isabelle s'en moquait, elle savait que Dumont cachait d'autres secrets sur ses relations sentimentales.

Ils parvinrent à la hauteur de la chambre 112 et Isabelle prit une profonde inspiration avant de frapper à la porte et d'entrer dans la foulée, Dumont sur ses talons. La chambre était dans une semi obscurité, les premiers rayons du soleil étaient filtrés par le store devant la fenêtre. La chambre était identique à l'ensemble des chambres du service. Toutes avaient été rénovées l'année précédente, elles étaient propres et très fonctionnelles. Toutes étaient des chambres individuelles, relativement dépouillées, elles offraient néanmoins un véritable confort pour les patients et favorisaient la prise en charge de ceux-ci. On n'était pas admis par hasard dans le service. Il y avait au préalable un parcours de soin, intégrant une batterie de tests, d'examens et d'entretiens. Pourtant, comme toutes médecines, ils avaient leurs limites, et certains cas ne pouvaient être traités ici.

La femme qui occupait la chambre semblait dormir lorsqu'ils pénétrèrent dans la pièce. Elle avait une quarantaine d'années, un simple drap recouvrait son corps. Isabelle avait elle même retiré les perfusions dans la nuit. Dumont toussa suffisamment fort pour réveiller la patiente, qui ouvrit les yeux presque instantanément.

- Bonjour Madame, je suis le professeur Dumont, je dirige le service. Je vous présente Isabelle Lavoie notre infirmière en chef.
- Bonjour.

La voix de la femme était faible, un léger sourire se dégagea au coin de ses lèvres.

- Je vous connais, cela fait dix jours que je suis ici vous savez.
- Bien entendu. Nous sommes ici pour vous parler. Comment vous sentez vous ?
- Je vais aussi bien que possible, enfin je crois. Que se passe-t-il ?

La voix de la patiente montra quelques signes d'inquiétude. Isabelle se rapprocha et se décida à prendre la parole.

- Sophie. Je peux vous appeler Sophie ? Vous pouvez m'appeler Isabelle. Sophie, nous avons reçu vos derniers résultats d'examen. Ils ne sont pas bons. Ils viennent confirmer les dernières observations cliniques de ces derniers jours. Votre état se dégrade rapidement, nous sommes inquiets pour vous.

Isabelle compta mentalement jusqu'à dix avant de reprendre. Ces dix secondes servaient à s'assurer que la patiente avait bien entendu ce qu'on lui racontait et devait lui permettre d'intervenir.

- Nous sommes inquiets pour vous, repris l'infirmière en chef. Nos compétences médicales s'arrêtent ici à notre niveau. Nous vous avions informée, lors de votre admission, que nous ne pourrions pas vous suivre plus longtemps. Nous en sommes désolés mais il est important pour vous que vous soyez prise en charge dans un établissement qui pourra vous accompagner au mieux afin que vous souffriez le moins possible. Nous allons vous indiquer des établissements et nous pouvons nous charger de les appeler ou d'organiser un transfert si vous le souhaitez. Mais c'est une décision qu'il faut prendre rapidement.
- Merci Isabelle pour votre franchise. C'est quoi rapidement ?
- Aujourd'hui ou demain au plus tard mercredi, nous pensons que ce serait mieux pour vous. C'est rapide évidemment mais vous avez besoin de présence à vos côtés.

Une nouvelle fois, compter mentalement, jusqu'à vingt cette fois ci. Laisser un peu plus de temps mais garder la main sur la discussion. Faire comprendre la gravité du message et l'urgence de trouver une solution.

Sophie n'avait quasiment pas bougé de position, elle demeurait impassible, nullement affectée par ce qu'on venait de lui annoncer. Avant qu'Isabelle n'atteigne le quinze, elle reprit la parole.

- Je vous remercie pour ce que vous faites pour moi, je n'ai pas besoin de vos services. J'ai déjà trouvé une solution, vous comprendrez bien que je me suis préparée à cela. Je vais appeler mon fils, il viendra me chercher avant midi, il me conduira là ou je dois être, près des miens.

Dumont n'était pas satisfait par la tournure que prenait la conversation. Sans surprise, la patiente ne prenait pas conscience de sa propre situation. Il reprit la parole, s'efforçant cette fois ci d'employer un ton plus directif.

- Vous ne nous avez pas compris madame. La présence de vos proches est bien entendu nécessaire à vos côtés, mais cela ne fait pas tout. Vous devez faire attention à vous, vous êtes fragile. Nous sommes vraiment inquiets, vous savez. Vous devez être accompagnée par des personnels qualifiés pour éviter de trop grandes souffrances. Ne partez pas sans notre accord et sans nous avoir indiqué l'établissement qui pourra s'occuper de vous. Demandez à votre fils de venir nous voir lorsqu'il sera là, j'aimerais m'entretenir avec lui.

- Ne vous inquiétez pas professeur, on prendra soin de moi. Mon fils viendra vous voir sans faute. Maintenant, je vous remercie de bien vouloir me laisser me reposer.

Ils quittèrent tous deux la pièce. Avant de refermer la porte Isabelle se retourna vers le lit. Sophie fermait les yeux et souriait.

2.

Les documents étaient éparpillés au sol dans l'entrée. L'ensemble des relevés bancaires de 2000 à 2008, année à partir de laquelle ils avaient décidé de passer au relevé électronique. Anne avait demandé à Paul de descendre les cartons à la cave pour faire de la place dans l'appartement. Il s'était posé deux questions : pourquoi est ce toujours aux hommes de descendre à la cave ? Les femmes ne connaissaient-elles pas le chemin ? Et pourquoi conserver des documents qu'on n'avait jamais lus et qu'on ne lirait jamais. Mais, comme d'habitude, il avait gardé ses questions pour lui. Il n'avait pas encore trouvé l'intérêt de partager ce type de réflexion avec son épouse. Plus exactement il jugeait qu'il avait plus à y perdre qu'à y gagner. Il avait donc déposé les cartons sur la console de l'entrée et s'apprêtait à les descendre le matin même lorsqu'il les avait maladroitement fait tomber. Les relevés s'étaient instantanément dispersés sur le sol de l'entrée. Rien n'avait bougé depuis son départ, il en avait conclu que son épouse n'était pas entrée dans l'appartement avec son amant. Ils n'auraient pas pu passer sans laisser de trace sur les relevés. Un rapide coup d'oeil à travers les pièces lui permit de confirmer que personne n'était passé dans l'appartement depuis son départ le matin même.

Paul s'efforça de reconstituer des piles de relevés plus ou moins ordonnées. Anne et son nouveau Pi avaient trouvé un autre endroit pour s'aimer en secret. Il avait découvert que son épouse fréquentait d'autres hommes à la suite du visionnage d'une vidéo. Elle représentait sa femme et un homme, qu'il ne connaissait pas, en plein ébat. La video avait été prise par le téléphone d'Anne et elle s'y trouvait encore lorsque Paul tomba dessus. Elle durait 3 minutes et 14 secondes. Paul décida de nommer ce premier amant Pi. Il avait, depuis, visionné d'autres vidéos de durées variables, il garda néanmoins ce surnom pour l'ensemble des amants d'Anne.

Il n'y avait pas particulièrement de points communs entre ces hommes. Pas de caractéristiques physiques ou d'âge moyen. Même en matière de sexe, il n'y avait rien qui permettait de comprendre ce qui pouvait bien attirer Anne. Paul en avait déduit que c'était peut-être la diversité de la relation qui l'intéressait. Une manière de lutter contre la monotonie et la routine amoureuse. Paul avait, petit à petit, accepté cette situation. Il s'estimait en grande partie responsable de cette routine, il était donc mal placé pour reprocher quoique ce soit à son épouse.

Une fois le tour de l'appartement effectué, il se laissa tomber dans le canapé. Il était venu pour récupérer des documents pour le bureau et, sans surprise, il n'avait aucune envie de les prendre et de retourner travailler. Pourtant le dossier était là, sous ses yeux, sur la table basse. A portée de main, il suffisait de tendre le bras, de se lever, passer la porte et retourner au bureau. Comme un automate, il l'avait fait tant de fois avant, sans se poser de question, juste parce qu'il fallait être là.

Cette fois ci, les choses semblaient d'un coup différentes. Le simple fait de tourner la tête vers la pile posée sur la table lui semblait être un effort surhumain. Il sentait la présence de cette pochette contenant les documents, ceux-ci lui parurent d'un coup menaçants. Partagé entre l'idée de les affronter et de les détruire sur le champs, ou de continuer à les ignorer, il resta figé quelques instants avant de se mettre à trembler. Et puis il y eut cette douleur dans le ventre fulgurante qui le força à se plier en deux, assis sur le canapé il posa ses mains sur le tapis et resta immobile en attendant que la douleur passe. Elle ne passait pas, il ne maitrisait plus rien, son corps semblait dirigé par quelqu'un d'autre, il n'était qu'un spectateur extérieur attendant avec angoisse la fin du spectacle. Il eut peur. Des gouttelettes de sueur apparurent sur son visage. Il se sentait humide, sa chemise colla d'un coup à son torse. Au prix d'un effort incroyable, il réussit à la retirer, bouton par bouton. Il avait chaud et était exténué. Il regarda autour de lui, son portable était resté dans sa veste dans l'entrée, hors de portée. Il fallait attendre, cela allait passer. Il n'allait pas mourir aujourd'hui c'était trop absurde. Il se laissa glisser sur le tapis, se recroquevilla en position foetus et se força à réguler sa respiration.

Au bout d'un temps qui lui sembla infini, il sentit sa température redescendre, la douleur au ventre s'atténua progressivement, sa respiration devint plus légère. Il se mit alors à pleurer, d'abord doucement, quelques larmes, puis des sanglots et des pleurs. Il se vida et cela lui fit un bien fou. Il était encore vivant. Il avait repris la main sur son propre corps et celui-ci avait besoin d'évacuer la tension accumulée. Il se laissa faire et se libéra. Paul eut l'impression d'avoir pleuré tout ce qu'il pouvait, d'être allé au bout de lui même. Apaisé et soulagé, il s'endormit allongé au milieu du salon.

––––

La position d'Anne n'était pas franchement confortable, à vrai dire, elle en aurait fait paniqué plus d'un. Mais Anne n'était pas de celles qu'on impressionne, elle était rationnelle jusqu'à l'ennui, c'était une cérébrale peu fantaisiste. Elle voyait en chaque situation une opportunité d'analyse et d'apprentissage. Chercheuse professionnelle, elle était consciente qu'il s'agissait là d'une déformation due à son métier, ou alors son métier était particulièrement adapté à ses compétences. Elle se dit que ce point mériterait d'être éclairci un jour, mais que ce n'était pas l'urgence du moment. Sa vie pourrait être en danger et il s'agissait pour elle de se concentrer pour trouver une solution. Elle estimait qu'elle n'avait pas plus de trois jours devant elle, avant que ses forces ne la quittent.

Elle avait cumulé les erreurs avec cet homme et elle le payait maintenant très cher. Il y avait d'abord son numéro de mobile qu'elle avait oublié de cacher, puis ce SMS le matin même : « je suis en bas de chez toi, je t'attends ». Jamais il n'aurait du connaitre son adresse, jamais elle n'aurait du le retrouver devant son immeuble. Elle avait perdu la main à cet instant. Elle qui possédait toujours plusieurs coups d'avance était dans l'obligation d'improviser. Il s'était montré insistant et Anne craignait qu'il soit encore là le soir même. Elle s'était donc résout à le retrouver. Elle avait modifié ses plans. Elle s'était assurée que personne ne les voyait et l'avait attiré dans l'immeuble au premier étage, elle ne l'avait pas fait rentré chez elle. Ils s'étaient dirigés vers le studio au fond du couloir, Anne avait pris les clés sous le paillasson, ils étaient rentrés, s'étaient déshabillés et avaient fait l'amour sur le canapé.

- C'est quoi ce studio ?

Il était nu, assis sur le canapé, il lui tournait le dos.

- C'est un studio utilisé pour les répétitions d'un groupe de rock. Il appartient à une famille du cinquième, le fils ainé l'utilise avec son groupe. Ils sont partis six mois pour une tournée en Australie.

Anne n'avait aucune envie de discuter avec lui, ils n'étaient pas là pour ça. Ce n'était pas la première fois qu'ils faisaient l'amour et Anne se dit que c'était une fois de trop. Il était temps d'intervenir.

- Ils auraient pu ranger avant de partir !
- C'est vrai que c'est un peu dégueulasse.

Une poubelle n'avait pas été vidée, il restait un carton de pizza sur une table basse improvisée et des partitions trainaient sur le sol.

- En tout cas c'est bien insonorisé.

Anne jeta un oeil sur les murs. Tout comme le plafond, ceux-ci étaient recouverts d'une grande épaisseur de mousse hérissée de pointe. Elle décida de passer à l'action. Le corps ne serait découvert que dans quelques mois, il suffisait de le laisser nu pour qu'il ne soit pas identifié avant plusieurs semaines après sa découverte. Ils pourraient être loin à ce moment là.

Elle pris alors un boitier dans son sac et en extrait une seringue, elle ôta la protection. Il ne disait rien et lui tournait le dos. Elle tendit le bras et elle planta l'aiguille de toutes ses forces dans l'épaule droite de l'homme, instantanément elle vida le contenu de la seringue dans son corps. L'homme bondit du canapé, la seringue encore plantée au niveau de l'omoplate.

- Qu'est ce que tu as fait ?

Il s'agitait sans comprendre. D'une main il se saisit de la seringue et la contempla incrédule.

- Il y avait quoi là dedans ? Qu'est ce que tu as fait ?

Il criait maintenant. Anne ne comprenait pas, le contenu aurait déjà du l'envoyer au sol. Elle avait peut-être sous estimé la corpulence de l'homme. Il l'attrapa par les épaules et la projeta sur le canapé, il se positionna au dessus d'elle, les mains autour de son cou.

- Raconte moi ou je t'étrangle. Pourquoi tu as fait ça ?

Il paniquait et elle imagina que cet état avait agit sur son débit sanguin. Le poison se diffusait dans son corps et atteignit son coeur. Il lâcha finalement comme les autres, subitement et sans un bruit il s'effondra sur Anne.

Voilà maintenant deux heures qu'elle était immobilisée sous le corps inerte d'un homme qui pesait plus de deux fois son poids. Du haut de son mètre cinquante et de ses cinquante kilos, elle pouvait littéralement disparaitre sous la masse de l'homme qu'elle venait d'assassiner. Sa tête était dégagée ainsi que son bras gauche. Tout le reste de son corps était immobile. Elle se donna trois jours pour trouver une solution pour survivre, pas beaucoup plus.

————

Charlotte était de retour du lycée, journée classique pour un début de semaine. La soirée allait être classique aussi. Diner rapide au milieu des parents, boulot et chat avec les copines affalée sur son lit pendant une grande partie de la soirée. Ses parents ne comprenaient pas ce besoin d'être toujours connectée, elle ne comprenait pas comment ils avaient pu grandir sans l'être. Lorsqu'elle ouvrit la porte de l'appartement, elle se rendit compte que la soirée allait être très différente de ce qu'elle avait imaginé. Son père était allongé sur le tapis du salon, il était torse nu et semblait inconscient.

- Papa ! Réponds moi ! Papa !

Paul ouvrit les yeux, il était toujours allongé sur le tapis, désorienté. Il mit quelques instants à reprendre ses esprits et à se reconnecter à la réalité. Petit à petit les images de la journée lui revinrent, Anne dans les bras de cet inconnu devant la porte de leur immeuble, le plat asiatique de la brasserie en face, les relevés de comptes et ce foutu dossier qu'il doit rapporter au bureau.

- Papa, tu vas bien ?

Paul regarda sa fille, Charlotte avait l'air paniquée. Il imagina aisément l'image qu'il pouvait renvoyer, elle ne devait pas être particulièrement rassurante. Il se sentait bien, léger et reposé, il rassura sa fille.

- Je vais bien, ne t'en fais pas. Qu'est ce que tu fais là ? Tu n'as pas cours cet après midi ?
- Papa, il est 19h30. Où est maman ? Elle n'est pas rentrée ? Je vais l'appeler, il faut la prévenir que tu ne vas pas bien.

Charlotte se saisit de son portable et appela sa mère. Le téléphone sonna dans le vide avant de basculer sur le répondeur.

- Répond pas.
- Il me semble qu'elle avait une réunion ce soir, elle rentrera plus tard. Ca va aller ne t'inquiète pas pour moi.

Paul n'était pas convaincu par sa réponse. Son propre état de santé ne l'inquiétait plus vraiment, il suffirait d'être vigilant à l'avenir. En revanche, le silence de son épouse l'interpellait davantage. Ne pas répondre à sa fille ne ressemblait pas à Anne. Il se souvient qu'elle n'avait pas hésité à interrompre un de leurs ébats amoureux pour répondre à un SMS de Charlotte. Peut-être ne le ferait-elle pas avec ses amants ?

Restait cette question en suspens. Où avait elle bien pu passer. Il connaissait tous les habitants de l'immeuble et l'homme n'en faisait pas partie. Il n'y avait qu'une solution, ils étaient sortis par la porte du fond de la cour. Cette porte faisait régulièrement l'objet de débats lors des assemblées des copropriétaires. Certains voulaient la condamner, d'autres l'équiper d'un système de digicode, d'autres enfin, estimant que seules des personnes déjà introduites dans l'immeuble pouvaient l'utiliser - elle était condamnée côté rue - s'opposaient à toutes dépenses supplémentaires. Paul faisait partie de ce dernier groupe. S'ils n'étaient pas sortis par la porte principale, c'est qu'ils avaient jugé plus discret de passer par la porte de derrière. C'était un comportement assez logique finalement pour une relation qui doit rester cachée.

Il attrapa le dossier sur la table du salon et rejoint sa fille dans la cuisine. Elle avait sorti la moitié du contenu du réfrigérateur, faire la cuisine était pour Charlotte un échappatoire lorsqu'elle se retrouvait en situation de stress.

- Je prépare une salade pour ce soir ça te va ?
- Oui, c'est très bien. Il y a des nouveaux occupants dans l'immeuble, tu a vu des nouvelles têtes ?
- Non, rien d'inhabituel. Sors de ma cuisine et laisse moi tranquille.

Ils échangèrent un sourire, Charlotte aimait être seule pour cuisiner et de toute manière la cuisine était trop exiguë. Paul déposa un baiser sur le front de sa fille. Avant de quitter la cuisine, il ouvrit la poubelle et y laissa tomber le dossier. Il n'en aurait plus besoin, il ne comptait pas retourner travailler.

3.

Sophie souhaitait quitter l'hôpital au plus vite. Mais avec tout ce personnel dans les chambres et dans les couloirs, l'opération se révélait plus compliquée que prévu. Elle ne comprenait pas cette absence de compassion. Pourquoi, sous le prétexte d'un suivi médical, ne la laissaient-ils pas aller où elle le souhaitait ? Puisqu'elle était condamnée, pourquoi ne pouvait elle pas choisir où et comment en finir ? Elle avait décidé de ne pas perdre de temps à lutter contre les services de l'hôpital, elle quitterait le bâtiment pendant la reprise de service le soir même. Elle disposait de dix à quinze minutes pendant lesquelles le corps médical était concentré sur le passage de témoin, entre dossiers et potins, les échanges se feront en salle de repos et les couloirs seront déserts.

Le reste de la journée se déroula normalement, elle n'eut qu'une seule visite, une infirmière passa la tête et lui demanda si elle avait besoin de quelque chose. Sophie la remercia et lui indiqua que tout allait bien. Elle était dispensée de diner, et n'eu donc aucune nouvelle visite. L'activité semblait s'arrêter, on entendait maintenant moins de bruit dans les couloirs. Il était dix-huit heures et il était temps de partir. Au prix de nombreux efforts, elle était parvenue à s'habiller et elle attendait allongée sur son lit, ses vêtements dissimulés sous un drap. L'image pourrait faire sourire si elle n'était pas liée à des circonstances aussi dramatiques. La porte s'ouvrit et un jeune homme entra dans la chambre. Agé d'une vingtaine d'années, il poussait un fauteuil roulant.

- Bonsoir
- Bonsoir mon fils, merci d'être là.
- Tu est prête, maman ?
- Oui partons.

Ce fût les seuls mots qu'ils allaient échanger pendant près d'une heure. La suite se fit naturellement. David aida sa mère à s'assoir sur le fauteuil. Ils prirent le couloir sur la gauche jusqu'à la batterie d'ascenseurs. Ils traversèrent le hall immense de l'hôpital presque désert. David s'était garé à proximité de l'entrée et ils quittèrent le parking en laissant le fauteuil roulant sur place. David jeta un oeil dans le rétroviseur. L'image du fauteuil roulant abandonné sur un parking désert, tout juste éclairé par un réverbère lui laissa une impression de tristesse infinie. Cela le renvoyait vers une impression d'abandon et de disparition. Cela l'aida à se projeter dans son rôle, il s'était engagée auprès de Sophie et était décidé à répondre présent. Sophie s'était endormie sur le fauteuil passager. Sa seule volonté était maintenant de prendre soin d'elle, elle allait dormir chez lui cette nuit. Il avait tout préparé pour que ce soit le plus confortable possible. Il était légèrement angoissé par cette nuit, il espérait que l'appartement serait à la hauteur des attentes de Sophie et qu'elle pourrait s'y reposer.

David la porta littéralement pour l'aider à franchir les escaliers jusqu'au première étage. Il pénétra en sueur dans l'appartement et l'allongea sur le lit qu'il avait aménagé dans le salon. Elle dormait toujours, il disposa ses anti-douleurs à portée de main sur la table de nuit et alla prendre une douche.

A son retour dans le salon Sophie était réveillée. Elle buvait un verre d'eau par petites gorgées.

- Comment te sens-tu ?
- Ça va merci.

Elle le regarda, il était beau. Il lui plaisait beaucoup, elle avait tellement attendu ce moment, elle était très excitée par ce qui allait se passer. Elle n'avait pas beaucoup de temps devant elle, l'opération était risquée mais elle était en confiance, elle allait réussir. Elle regarda autour d'elle et admira le salon. Il ressemblait à n'importe quel intérieur d'un jeune homme célibataire. David avait cependant ajouté certains éléments comme un fauteuil et une lampe signés ainsi qu'un large tableau moderne au dessus du canapé. Cela tranchait avec le reste de l'appartement et on devinait que le jeune homme s'était probablement privé pour s'offrir ces biens.

- Je te remercie de m'accueillir chez toi, j'aime beaucoup ton intérieur. Je ne vais pas rester longtemps. J'aimerai aller voir un ami demain. Pourras tu m'accompagner ? J'aimerai te le présenter.
- Bien sur, c'est qui ?
- Un ami, une des rares personnes que j'aimerais revoir avant de partir.

La réponse laissa à David un sentiment de malaise. Avait elle besoin de préciser cela, alors qu'ils ne sont que tous les deux ? Il semblait à David que les choses étaient claires dès le départ. Il s'approcha d'elle et l'embrassa sur le front, il éteignit la lumière du salon en quittant la pièce.

- Bonne nuit mon fils, je suis fière de toi.
- Bonne nuit.

David ne l'avait appelé qu'une seule fois Maman et cela ne lui plaisait pas du tout. Pourquoi mettait-il autant de distance entre eux. Une nouvelle discussion serait nécessaire, pour l'instant il fallait se reposer, la journée de demain sera itdélicate.

Sans nouvelle d'Anne, Paul et Charlotte avaient décidé d'opter pour un plateau télé devant une série américaine. Cela faisait des années qu'ils ne s'étaient pas retrouvés ainsi tous les deux. Paul avait même servi un verre de vin à sa fille. Ils appréciaient tous les deux ce moment et l'inquiétude causée par l'absence d'Anne avait peu à peu disparu. Il était presque vingt trois heures lorsque l'interphone sonna. Paul se leva et alla décrocher le combiné.

- Oui ?
- Bonsoir je suis Madeleine, la femme de Franck. Vous pouvez m'ouvrir ?

- Pardon, vous êtes qui ?
- Madeleine, je pense que mon mari est avec votre femme. Vous pouvez m'ouvrir ?

La demande prit Paul au dépourvu, il ne s'était pas attendu à une telle visite. Pour tout dire, il n'avait même pas imaginé que l'inconnu puisse être marié. Le nouvel amant d'Anne s'appelait-il Franck ? Comment sa femme était-elle au courant de leur liaison ? Comment avait elle trouvé l'adresse ? Qu'allait-elle demander ? Il resta en silence avec ses questions, lorsque la femme s'impatienta.

- Vous êtes là vous pouvez m'ouvrir ?
- Oui, je vous ouvre c'est au premier.

Paul se retourna vers sa fille, toujours concentrée sur la série, elle du sentir son regard sur elle et se retourna.

- C'est qui papa ?
- Une collègue de bureau, j'en ai pour une minute.
- A vingt trois heures ?

Il ne répondit pas, il referma la porte sans la claquer et attendit sur le palier. La femme qui se présenta à lui avait la quarantaine, elle était du même gabarit que son mari et Paul du lever le regard pour s'adresser à elle. Elle le dévisagea visiblement surprise, il y eu un instant de flottement pendant lequel aucun des deux n'osa prendre la parole.

- Je suis désolée de vous déranger à cette heure tardive, mais je cherche mon mari. Je sais qu'il avait un rendez vous avec votre épouse ce matin. Je n'ai pas de nouvelle de lui depuis. Est-ce que votre épouse est là ? Je peux lui parler ?
- Je ne comprends pas, qu'est-ce qui vous fait croire qu'ils avaient rendez vous ensemble?
- Ecoutez, on ne va pas faire semblant, nos conjoints ont une liaison. Je pensais vous le révéler mais vous êtes déjà au courant. Je fais suivre mon mari par un détective privé depuis deux semaines, et je vous informe qu'ils se sont déjà vu au moins deux fois.

Madeleine lui tendit son téléphone portable, et fit défiler plusieurs photos. On distinguait clairement Anne et Franck, les baisers échangés étaient sans équivoque sur la nature de leur relation. Les dernières photos avaient été prises le matin même, l'angle de vue ainsi que les objets apparaissant au premier plan ne laissaient pas beaucoup de doute sur la position du photographe : il était installé dans la brasserie. Paul était surpris, il n'avait pas remarqué cette personne qui devait être assise à proximité de lui le matin même. Il gardait l'image des détectives avec des téléobjectifs très puissants. Comment avait-il pu ne pas le voir ? Les deux dernières photos le surprirent davantage, on distinguait clairement Paul, il se tenait debout sur le trottoir sur la première photo, le regard tourné vers les deux amants, sur la seconde il était tout simplement installé à table en train de déguster son plat asiatique.

- Le détective que j'emploie est un professionnel. Disons qu'il a trouvé votre attitude suffisamment curieuse pour vous prendre en photo et vous ajouter au dossier. Est-ce que je peux voir votre femme ?
- Je ne sais pas ou elle est, répondit Paul visiblement sous le choc.
- Ils sont entrés dans l'immeuble et a priori, ils ne sont pas encore sortis.
- Je pense qu'ils ont quitté l'immeuble par la porte du fond dans la cour.
- Je peux vous poser une question ?
- Dites toujours !
- Pourquoi vous n'êtes pas intervenu ?

La question avait du sens, mais Paul n'était pas disposé à en parler avec une inconnue, même s'ils partageaient une problématique commune et qu'elle avait des photos de lui sur son téléphone portable, il ne s'estimait pas suffisamment en confiance pour répondre à la question, pour laquelle il n'avait, par ailleurs, probablement pas de réponse. Il opta donc pour l'attaque et lui renvoya la question.

- Et vous, pourquoi n'êtes-vous pas intervenue lorsque vous avez eu connaissance des premières photos ?
- Ça c'est mon problème, pas le vôtre ! Je peux entrer ?

Sans attendre de réponse, Madeleine pénétra dans l'appartement et s'assit sur le canapé. Elle se servit un verre de vin et le vida d'un trait. Paul referma la porte et improvisa une réponse au regard étonné de sa fille.

- Madeleine, je vous présente ma fille Charlotte. Charlotte, Madeleine est une collègue qui doit voir quelque chose avec maman. On va attendre qu'elle rentre.

Charlotte qui jugea que la soirée père - fille venait d'être définitivement gâchée, se leva et disparu dans sa chambre.

- On va attendre longtemps ?
- Disons jusqu'à ce qu'ils reviennent. Vous n'avez pas une autre bouteille ?

Anne avait d'office chassé de son esprit toutes tentatives de secours venant de l'extérieur. Personne ne viendrait la chercher là, c'était pour cela qu'elle avait choisi ce lieu. Il était hors de question que quelqu'un la trouve dans cette situation. En dehors de l'aspect humiliant de sa position, il était impossible d'expliquer pourquoi un homme mort se retrouvait nu sur elle, sans compter qu'elle était elle même nue. Hurler n'aurait par ailleurs servi à rien, l'insonorisation de la pièce étant très efficace. De l'endroit où elle était, elle ne pouvait atteindre son téléphone de portable, celui ci était resté dans son sac hors de portée. Elle l'avait entendu vibrer plusieurs fois depuis tout à l'heure. On s'inquiétait naturellement pour elle. Elle n'était pas la seule, le mobile de Franck avait sonné une dizaine de fois. Combien de temps faudrait-il pour que les batteries se vident et qu'ils cessent de sonner ? Elle n'en avait pas la moindre idée, elle imaginait qu'il ne restait que quelques heures d'autonomie. Elle s'était donné trois jours pour sa propre autonomie, mais combien de temps peut-on rester sans boire. Elle l'ignorait, elle entrait maintenant dans l'inconnu, elle allait découvrir ses propres limites et allait devoir les dépasser si elle souhaitait rester en vie. Dans d'autres conditions le challenge l'aurait probablement excitée, mais la proximité immédiate de la mort tempérait ses ardeurs. Le corps de Franck lui faisait mal, elle voulait bouger son bras endolori et ses jambes, mais elle n'y parvint pas. Il fallait faire circuler le sang, elle se rappela une démonstration faite durant le vol lorsqu'ils étaient allés en Thailande il y a deux ans. Elle essaya de bouger les pieds et se mit à faire des petits cercles. Elle ne sentit pas d'amélioration mais au moins elle était active et tentait de trouver des solutions.

Les souvenirs du voyage en Thailande l'aidèrent à rassembler ses forces, elle n'allait pas mourir ici, étouffée par un amant minable. A l'aide de sa main libre elle essaya de pousser petit à petit le corps de Franck en prenant appui sur son épaule. Elle fit plusieurs tentatives, par impulsions brèves et appuyées. Au bout d'une demi-heure, malgré plusieurs tentatives et une énergie incroyable dépensée, le corps avait à peine bougé, il lui semblait même qu'il prenait davantage d'espace, plus lourd il était prêt à l'engloutir. Elle était écoeurée par sa bêtise. Comment s'était-elle débrouillée pour se retrouver dans une situation aussi délicate, elle qui avait tellement assuré jusqu'ici, se montrant capable de réaliser des choses incroyables et de mener à bien sa mission. Elle n'avait pas terminé, elle devait trouver le moyen de se libérer de ce piège, il n'était pas question de se faire prendre ou encore moins de mourir ici. Elle était pleine de ressources et allait trouver un moyen de quitter cette pièce.

Elle parcourut le studio du regard, la pièce était presque vide et de toute manière, rien n'était à sa portée. Il fallait qu'elle trouve un objet à portée de main, et qu'elle commence par libérer son autre main. Elle sentit alors ce corps mort sur le sien, dans toute sa réalité et son horreur. La tête de Franck était presque collé à la sienne. Elle fut prise d'une violente nausée, eu à peine le temps de tourner la tête vers l'extérieur du canapé et vomit.

4.

Paul faisait du café, il était encore tôt mais ils n'avaient pas fermé l'oeil de la nuit et ils avaient tous les deux envie de quelque chose de chaud. Ils s'étaient déplacés sur la terrasse pour pouvoir fumer et discuter tranquillement. La nuit avait été longue, et Paul était surpris à apprécier la présence de Madeleine à ses côtés. Ils partageaient après tout la même galère. Ils étaient en proie aux mêmes doutes et les mêmes questions revenaient sans cesse en boucle. Pour Madeleine, il s'agissait du premier écart de son mari, bien qu'il ne l'aborda pas, la situation était bien entendu différente pour Paul. Ils avaient passé la nuit à attendre des nouvelles qu'ils n'avaient pas reçues.

Les appels étaient maintenant directement orientés vers les messageries et ils avaient élaboré plusieurs hypothèses pour expliquer ceci. Ils parlaient dans le vide, aucun des deux n'était en mesure de vérifier la moindre hypothèse. Ils pouvaient avoir éteint leur téléphone pour être tranquilles, ils avaient perdu ou s'étaient fait voler leurs appareils, ou encore ils s'étaient isolés à un endroit ou le réseau ne passait pas. Autant de paroles dans le vent.

Paul appréciait la présence de cette inconnue chez lui. Il lui semblait qu'au delà d'un simple concours de circonstances, ils partageaient d'autres choses. Comme si chacun se retrouvait démuni devant cette nouvelle situation, au fond Madeleine était restée aussi relativement passive devant l'adultère de son mari. Paul ignorait ce qu'elle comptait faire par la suite et il était disposé à lui laisser l'opportunité d'attendre, auprès de lui, le retour hypothétique de l'un des deux amants.

- Je ne comprends pas pourquoi ta femme te trompe, je veux dire tu es plutôt séduisant, tu as une belle situation et tu sembles être un père de famille attentionné. Je ne veux pas diminuer l'attrait de mon mari, mais je le connais bien tu sais, il n'est pas à mettre dans la catégorie de l'homme idéal.
- Je pensais que l'homme idéal n'existait pas, se contenta de répondre Paul.
- Bien-sûr que non, il n'existe pas, pas plus que la femme idéale d'ailleurs. A notre âge nous savons que ce n'est pas l'essentiel d'une relation. Je veux dire quand on est plus jeune, on cherche le partenaire idéal. Celui dont on a rêvé, celui qui nous permettra d'accomplir nos rêves, celui qui aura toutes les qualités attendus. C'est simple on est toutes passées par là.
- Certaines y sont encore !
- C'est certain, à un moment de l'existence le monde des couples se divisent en deux : ceux qui ont compris que personne n'était parfait à commencer par eux-mêmes et qui ont commencé à accepter leurs propres imperfections pour mieux tolérer celles des autres, et ceux qui sont toujours à la recherche de la performance. Il leur faut un partenaire idéal pour mieux montrer à tous combien ils sont eux-mêmes parfaits. On respecte ainsi l'adage débile selon lequel on a le partenaire que l'on mérite.
- Tu penses être dans quelle catégorie de couple avec ton mari.
- Dans la première bien-sûr ! C'est pour cela qu'il faut que je rencontre ta femme ! Je dois comprendre comment tout cela a pu arriver ! Est-ce uniquement une histoire de sexe ou il y a-t-il autre chose derrière ?

Paul observa Madeleine. Elle avait raison. Il s'était lui même posé ce genre de question plusieurs fois. A la différence d'elle, il ne pensait pas qu'il fallait réduire l'aspect sexuel à un simple second rôle, il savait combien il était important dans l'équilibre des couples. Il se surprit à juger son interlocutrice sur des critères physiques. Elle était plus grande que lui, mais aussi plus large. Elle n'était pas spécialement forte ou en surpoids, elle était plutôt toute en muscle. Elle avait surtout un visage très particulier, très pâle, avec des yeux d'un noir profond et une mâchoire carrée. Une chevelure blonde et lisse tombait sur ses épaules.

- Je sais ce que tu penses, je ne suis pas particulièrement sexy et je ne dois pas être un très bon coup au lit. Pourtant j'avais l'impression que nous étions sur la même fréquence de phase avec Franck.

Lassée, elle entra dans le salon et s'allongea sur le canapé. Paul se demanda combien de temps tout ceci allait durer. il fallait qu'Anne rentre le plus rapidement possible, pensa-t-il. Il avait bien réfléchi à la question et il ne voyait pas du tout où ils pouvaient être. Ils avaient appelé les amis, les collègues, les hôpitaux et n'avaient obtenu aucune réponse. Le plus probable était qu'ils s'étaient endormis dans une chambre d'hôtel, peut être dans le quartier. Il suffisait maintenant d'attendre qu'ils redonnent signe de vie, ce qui devrait bien arriver dans la matinée.

Il prit une douche et retourna dans le salon. Charlotte était debout, plantée devant le canapé avec un Nespresso à la main. Elle regardait Madeleine qui ronflait tranquillement allongée de tout son long sur les coussins.

- Qu'est-ce qu'elle fait encore là ?
- Elle attend ta mère.
- Ah bon ! Et elle est où ma mère ?
- Elle a travaillé toute la nuit au bureau, elle ne devrait plus tarder maintenant.

Mentir à sa fille n'était pas agréable ou facile pour Paul, mais il estimait que certaines affaires devaient rester du domaine des adultes, et de toutes manières, il n'était pas capable de répondre à la question.

- Je file au lycée.
- Déjà ?
- Oui, je dois y être à 8 heures et j'ai un rendez-vous avant.

Charlotte embrassa son père et fila. A un autre moment Paul lui aurait demandé avec qui elle avait rendez-vous mais ce n'était pas aujourd'hui son principal soucis. Il s'assit sur le fauteuil en face du canapé et s'endormit presque instantanément.

Le commandant Montbaron fixa les photographies que son équipe avait épinglées au mur. On y distinguait différents corps d'hommes, tous retrouvé nus. Il n'y avait a priori pas de point commun entre ces hommes et leurs morts auraient pu faire penser à de banals accidents cardiaques s'il n'y avait pas eu ces inscriptions tracées dans le dos. On avait logiquement suspecté une suite dans ses meurtres et des analyses avaient été faites dès le départ, il s'agissait de l'écriture d'une femme, celle-ci n'avait rien de rassurant. Les corps était numérotés comme dans une série limitée : 1/12, 2/12, 3/12 … A chaque meurtre une nouvelle analyse confirmait la thèse de l'assassin unique, qui narguait la police depuis plusieurs semaines.

- La bonne nouvelle c'est qu'on en a bientôt fini.

Montbaron jeta un oeil à son adjoint. Celui-ci contemplait une photographie de la dernière victime en date. Le corps avait été découvert la veille, mais le meurtre datait de la semaine précédente. Il avait été retrouvé dans l'escalier de la cave de son immeuble. Les photos avaient été prises sur place. L'homme était probablement en train de monter l'escalier lorsqu'il s'est écroulé. Une personne lui avait littéralement marché dessus. L'hypothèse la plus probable était que la victime se soit retrouvée coincée dans la cave, elle avait essayé de s'enfuir avant de s'écrouler, probablement sous l'effet du poison. L'assassin lui était passé sur le corps pour quitter les lieux, il avait pris le temps de signer son crime : 11/12. Oui, c'est vrai on en avait bientôt fini.

- Ca va les garçons, ça avance votre affaire?

Louise venait d'entrer à sa manière dans le bureau, c'est à dire en criant et en faisant de larges mouvements avec les bras. Louise était le genre de femme qui avait compris qu'elle devait s'imposer dans un milieu d'hommes. Quand d'autres femmes seraient tentées d'utiliser la finesse, la sensibilité ou la réflexion, Louise avait opté pour l'approche directe, la camaraderie et la spontanéité.

- Il reste une victime potentielle, qui est d'ailleurs probablement déjà morte à l'heure actuelle.
- Vous êtes sûrs que c'est une femme qui fait ça ?
- Certains ! Toutes les victimes ont eu une relation sexuelle avec une femme juste avant de mourir. L'analyse graphologique confirme l'écriture de femme et l'empreinte de pas relevée sur la dernière victime nous oriente vers une paire de baskets en taille 36, ce qui plus courant chez les femmes.
- Génial !
- Quoi Génial ?
- Une femme, probablement plutôt frêle, trouve le moyen de coucher avec pas moins de onze hommes avant de les assassiner, elle signe ses crimes et les laisse nus dans un endroit improbable le tout en plein Paris ! Génial, super affaire !
- Une super affaire, comme tu dis Louise, est une affaire dans laquelle l'assassin est arrêté après le numéro 2 ou le numéro 3, idéalement on n'en arrive jamais au numéro 11.

Montbaron était agacé, il ouvrit la fenêtre et s'alluma une cigarette. Il était interdit depuis longtemps de fumer dans les bureaux, mais il s'autorisait une entorse au règlement régulièrement. Louise n'avait néanmoins pas tort. Il s'agissait d'une affaire « géniale », le genre d'affaire qu'on ne rencontre qu'une fois dans sa carrière. Curieusement, celle-ci ne faisait pas encore de bruit au sein du service ou dans les couloirs de la préfecture. La dédicace de l'assassin laissée sur les victimes n'avait pas été vue par les proches. L'affaire était pour l'instant confidentielle et c'était mieux ainsi. Même au sein du service, peu de personnes étaient informées qu'un tueur en série agissait dans Paris. Les services de police étaient davantage mobilisés sur la lutte contre le terrorisme et sur le maintien de l'ordre. Le commandant disposait d'un créneau assez mince dans lequel il restait encore maître de son affaire. Il savait que la découverte de la dernière victime imposerait un rapport détaillé et qu'il serait probablement dessaisi du dossier. Il fallait faire vite, mais il ignorait dans quelle direction.

- C'est quoi le point commun entre tous ces hommes ?
- Il y en a pas, ou plutôt on n'en a pas trouvé.
- Ils sont mariés ?
- Tous.
- Tous ?
- Oui, tous. Pourquoi ?
- Je pense que tu viens de trouver un point commun !
- Ok, c'est quoi ta théorie ? Une femme tue les hommes mariés dans Paris. Elle n'est pas au bout !

Louise sourit, elle aimait ces échanges rapides avec son commandant.

- Ce n'est peut-être que le début. Comme toutes les bonnes séries il peut y avoir plusieurs saisons Elle n'a peut être prévu que 12 épisodes pour la saison 1. Si ça fonctionne elle passera peut-être à 24 en saison 2 !
- Laisse tomber, tu veux. C'est quoi ton idée avec les femmes des victimes?
- On pourrait les faire parler. Je vais les convoquer, on verra ce que ça donne.

Louise tourna les talons et quitta la pièce avant même qu'il n'ait eu le temps d'ajouter quoi que ce soit.

Charlotte avait menti, elle n'avait pas cours avant dix heures ce mardi matin. Elle avait compris qu'il se passait quelque chose d'inhabituel, son père lui mentait et elle n'avait pas confiance en lui. Un mensonge partout, la balle au centre. Elle était convaincue que sa mère avait des problèmes. Elle n'était pas du genre à ne pas répondre à un SMS ou à un appel de sa fille ou de son mari. Son père ne savait pas où elle était et cela la contrariait. Et puis il y avait cette femme qui avait dormi chez eux. Qui était-elle? Et pourquoi était elle encore là ce matin? Il était temps de prendre les choses en main. Elle avait contacté La Taupe via un ami commun du lycée.

La Taupe n'était évidemment pas son vrai nom, il s'appelait Bernard Duboissier. Il avait dix-sept ans et vivait seul dans un deux pièces à cent mètres du Lycée. Lycée dans lequel il n'avait mis les pieds qu'une fois depuis la rentrée. Une seule fois, juste pour se rendre compte qu'il n'avait rien à y faire. C'était un geek, du genre surdoué et indépendant, entretenu par des parents pris par leurs carrières à l'étranger. Ces derniers exerçaient leur devoir d'éducation par virements bancaires internationaux, et cela semblait convenir à l'ensemble des parties prenantes, La Taupe comprise.

Il recevait chez lui et Charlotte fut surprise par son intérieur. La Taupe était loin du stéréotype du geek obèse qui passe ses journées devant des écrans à avaler des burgers ou des boissons énergisantes, le tout dans un intérieur crasseux. Chez La Taupe, on se sentait bien, c'était propre et cela sentait l'encens. L'appartement était lumineux, et son occupant recevait pieds nus et en kimono.

- Bonjour Charlotte, j'ai préparé un thé, je t'en propose.
- Merci, volontiers. C'est beau chez toi !
- Ravi que ça te plaise, j'essaie de faire en sorte que ce soit toujours impeccable.
- Tu as le temps pour ça !
- Ne crois pas ça, ce n'est pas parce que je ne vais plus au lycée que j'ai du temps, je travaille tout le temps moi ! J'ai des obligations, des clients et des délais à respecter. Qu'est ce que tu crois ?
- Désolée, peut-être que je ne me rends pas compte. J'ai besoin que tu m'aides.
- Qu'est ce que je peux faire pour toi ?

- J'aimerai savoir ou est ma mère. Ou plus exactement où est son téléphone.
- Raconte moi tout, j'ai besoin de connaitre des détails.

Charlotte n'avait pas envie de raconter des histoires de famille à un inconnu. Elle avait entendu que La Taupe se prenait pour Robin des Bois. Il jugeait si l'affaire était moralement acceptable selon des critères qui lui étaient propres et très personnels. Si c'était le cas, il adaptait ses tarifs en fonction des moyens du demandeur. Elle prit sur elle et détailla la disparition de sa mère depuis vingt quatre heures. Elle parla avec une émotion non feinte de son inquiétude, et du fait qu'à part elle tout le monde semblait se moquer de ce qui pouvait arriver à sa mère.

La Taupe écouta avec attention son récit et resta silencieux les yeux fermés pendant deux bonnes minutes qui semblèrent interminables pour Charlotte. Elle avait fortement envie de se moquer de lui, mais elle ne voulait en aucun le contrarier. Il ouvrit enfin les yeux et la regarda dans les yeux. Charlotte, nullement impressionnée, ne détourna pas le regard.

- Je vais t'aider Charlotte. Je vais te donner les dernières cellules activées par le téléphone de ta mère ainsi que la couverture de celles-ci. Je vais mettre en place une surveillance au cas ou son téléphone serait à nouveau opérationnel. Je t'envoie tout cela par email dans deux heures. Ça te coutera vingt euros.
- Merci.

Charlotte sortit son portefeuille de son sac, lorsqu'il lui prit doucement la main.

- Si tu as des problèmes pour payer nous pouvons nous arranger, ajouta-t-il en lui caressant la main. Ma chambre est juste à côté, et l'avantage d'habiter seul c'est qu'on est rarement dérangé.

Elle le regarda et lui sourit. Elle s'approcha de lui, l'embrassa sur la joue et déposa un billet de vingt euros sur la table.

- Merci Bernard, je dois y aller.

Elle descendit l'escalier en souriant toujours. Si cela avait été plus naturel, elle aurait peut être pris le temps de coucher avec lui, mais la manière n'y était pas et Charlotte était une femme de principe, il lui fallait la manière. C'était un pré requis indispensable à toutes bonnes relations, surtout sexuelles. Décidément, se dit-elle, les hommes ne comprennent rien aux femmes.

5.

Le fauteuil n'était pas entré dans l'ascenseur, il avait fallu le plier et soutenir dans le même temps Sophie qui était parvenue, non sans mal, à se mettre debout. Lorsqu'ils sonnèrent à la porte de l'appartement du premier étage, Sophie avait retrouvé sa place dans son fauteuil et ils avaient tous deux repris une respiration presque normale.

L'homme qui ouvrit la porte ne ressemblait pas à Paul. Il avait moins de cheveux et un peu plus de ventre. Il était mal rasé, était vêtu d'un t-shirt et d'un short. Il avait l'air très fatigué et un peu nerveux. Il avait une tasse de café dans la main droite et la main gauche sur la poignée de la porte. Il ne ressemblait pas à Paul mais c'était bien lui. Des années après elle le reconnu, il était là et il était encore plus beau qu'avant.

La femme assise dans le fauteuil ne ressemblait pas à Sophie. Elle était extrêmement mince, le visage creusé et le teint jauni. Elle portait un foulard qui lui couvrait entièrement le dessus de la tête. Elle avait une couverture sur les genoux et malgré sa grande taille, elle semblait enfouie dans le fauteuil, presque aspirée. Elle ne ressemblait pas à Sophie, mais il y avait ce regard. Ce regard bleu perçant qu'il connaissait par coeur. Elle était là devant lui, après toutes ces années. Tellement faible mais tellement belle.

Que se passe-t-il lorsque deux amants se retrouvent des années après la fin de leur liaison ? Que se passe-t-il lorsqu'on a oublié les différents, les engueulades et les coups manqués. Que se passe-t-il lorsqu'on a oublié les humiliations et les pleurs ? Il ne reste alors que le bonheur d'avoir partagé un bout de chemin ensemble et un sentiment de gratitude envers l'autre d'avoir accepté de partager ce bout de chemin. Les mauvais souvenirs se sont envolés, il ne reste que la nostalgie pour cette époque faite d'insouciance et d'arrogance, et l'envie profonde d'y retourner tête la première.

Lorsque ces amants se retrouvent vingt-cinq ans plus tard, et que leur propre histoire d'amour était la première pour chacun, il y a alors, en supplément, un sentiment de force qui les entoure, comme s'ils savaient qu'ils devaient se revoir un jour. Ce qui les a unis a rendu leur relation unique au monde.

La surprise passée, il y a l'émotion. On se sert dans les bras, quelques larmes coulent. On s'installe et on se sert un thé. On prend quelques nouvelles, on reste silencieux et on se regarde. Paul est troublé par cette arrivée surprise. Madeleine est toujours là, consciente qu'elle pouvait peut-être gêner ou être de trop dans ces moments de retrouvailles. Décidée à ne pas quitter l'appartement, elle se réfugia sur le balcon et fuma une cigarette, la tête tournée vers le salon. Elle guettait la porte d'entrée comme si Anne et Franck allaient passer la porte dans la minute.

- Qu'est-ce qui se passe pour toi ?

La question de Paul était simple et spontanée. Comment ne pas poser la question devant l'état de santé dégradée de Sophie? Il était marqué par l'état physique de son amie, et l'inquiétude dans le ton de sa question n'était pas feinte.

- J'ai un cancer. Une saloperie, un truc généralisé, mal détecté, difficile à soigner. Je n'en veux à personne, je n'ai moi même pas beaucoup pris soin de ma santé ces dernières années. Il faut croire que je paie mes excès.

Paul ne voyait pas du tout à quoi Sophie faisait référence. Il avait gardé le souvenir d'une jeune fille raisonnable, qui faisait peu d'erreurs. Il avait du mal à associer Sophie à une consommation excessive de quoi que ce soit. Mais elle avait du changer.

- C'est grave ?

- Oui, il ne me reste que peu de temps. Difficile de dire combien, quelques semaines, pas plus de deux mois. Je m'affaiblis de jour en jour.

La nouvelle lui coupa le souffle. Sophie réapparaissait dans sa vie pour lui annoncer qu'elle allait disparaitre tout simplement de la vie. Elle avait annoncé ce simple fait d'une voix douce, comme s'il fallait prendre soin de ceux qui allaient bien et qui n'allaient pas partir.

- Tu souffres ? Paul se rendit compte qu'il pleurait.
- Non, j'ai des médicaments pour cela. Je les supporte à peu près.

Sophie grimaça néanmoins en se tordant sur son fauteuil, elle jeta un coup d'oeil sur le canapé et demande si on peut l'aider à s'installer. David et Paul la portent délicatement sur le canapé. Elle s'allonge, ferme ses yeux et semble s'endormir instantanément. David se saisit de la couverture et recouvre le corps de sa mère.

- Je vais devoir y aller, annonce - t - il à Paul. Appelez moi, je viendrai la chercher.
- Excusez-moi, vous êtes qui ?

David se rendit compte qu'il n'avait pas été présenté jusque là. Il se retourna vers Sophie qui dormait et opta donc pour une présentation rapide, il espérait qu'elle ne déclenche pas de question

- Je suis David, le fils de Sophie.

Paul s'était contenté de cela et il raccompagna le jeune homme. Celui-ci semblait peu à l'aise au milieu de ces retrouvailles. Il le comprenait, cela ne devait pas être évident d'accompagner sa mère dans ces moments là. Il avait probablement plus besoin d'être seul. Il rejoignit ensuite Madeleine sur la terrasse.

- C'est qui ?
- Une femme que j'ai connu il y a vingt cinq ans.

- Elle va pas bien ?
- Non, elle va mourrir.
- Ah bon ! Je suis désolée pour elle. Tu as eu des nouvelles de ta femme ?
- Non.

Paul jeta un oeil vers Sophie qui dormait et se mit à pleurer à chaudes larmes. Alors que Madeleine essayait frénétiquement de joindre son mari toutes les trente minutes, Paul avait renoncé à joindre Anne depuis plusieurs heures maintenant.

Le corps était maintenant froid, il devait être aussi davantage rigide. Anne pleurait sans arrêt maintenant. Elle était parvenue à dégager son bras gauche entièrement mais c'était sa seule victoire, son seul motif de satisfaction. Elle était épuisée, elle n'avait pas dormi de la nuit et son deuxième bras ne lui avait pas été d'un grand recours. Elle n'avait simplement plus la force de se battre, elle se concentrait uniquement sur sa respiration, la maintenir souple et apaisée. Il faut éviter l'essoufflement dû à la pression sur sa poitrine.

Les téléphones ne vibraient plus maintenant. Elle ignorait depuis combien de temps, elle n'avait tout simplement pas conscience de l'heure. La nuit lui avait parut interminable, même si le jour, à travers le store, lui avait un peu redonné le moral, cela n'avait pas duré longtemps. Elle s'était rendue compte qu'elle n'arriverait pas à s'en sortir toute seule, et a priori personne ne viendrait l'aider. Elle s'était mise alors à pleurer en silence.

La tête de Franck la gênait, elle l'écarta doucement avec un maximum de respect. Elle avait essayé de faire abstraction de ce corps, de ce poids mort posé sur elle. Mais cela ne fonctionnait pas. La mort était là près d'elle, elle l'avait provoquée et maintenant elle devait faire avec cette voisine encombrante, qui lui rappelait dans toute son horreur sa proximité. Anne la traitait avec respect, elle l'avait provoquée et la mort lui avait rappelé qu'elle était la plus forte.

Elle était parvenue à écarter la tête de Franck, il regardait maintenant vers le mur et elle se sentit apaisée. Une courte victoire, quelque chose vers lequel elle pouvait enfin se raccrocher. Elle souffla lentement et entreprit de faire des exercice de respiration. Elle avait quelques souvenirs d'une formation dispensée par une sophrologue sur son lieu de travail. Une brillante idée du département des ressources humaines pour améliorer la qualité de vie au travail. On laisse des situations inacceptables de harcèlement se dérouler mais on t'explique ce que tu dois faire pour mieux respirer. Elle avait jugé cela ridicule et suivi l'atelier que d'une oreille. Elle essaya de se rappeler les mouvements. Comment se concentrer sur la respiration ventrale avec un poids de 110 kilos sur elle ? Il faudra qu'elle pose la question lors d'une prochaine session. Cela la fit sourire, c'était déjà ça. Anne étira ses bras vers le haut, le plus haut possible, prête à toucher le plafond. Puis en arrière, derrière elle le plus loin possible. Elle s'agrippa au rebord du canapé et s'efforça de le tirer vers elle, prête à l'arracher. Elle ressentit la douleur instantanément, elle observa ses mains, elle saignait, la plaie était légère et peu profonde. Il lui suffit d'un instant pour comprendre ce qui venait de lui arriver, elle s'était blessée sur une latte métallique du canapé. Elle vit cela comme un signe et elle entreprit de dégager lentement la latte.

Située vers le bord extérieur du canapé, la latte n'opposa que peu de résistance. Anne était parvenue à la dégager centimètre par centimètre, par chance elle n'était pas fixée au canapé, simplement glissée dans son emplacement. Elle tenait maintenant dans ses mains un pièce de métal souple d'environ un mètre cinquante. Elle tenta de la glisser délicatement entre les deux corps au niveau des abdomens. Elle ressentit à nouveau une douleur, elle s'était probablement coupée, mais il fallait qu'elle essaye malgré tout. Elle continua donc d'insérer le plus délicatement la latte entre son corps et celui de Franck. Lorsqu'elle estima qu'elle était suffisamment enfoncée, elle tenta de prendre appui dessus et de s'en servir comme levier. Elle tendit les bras, se saisit de la latte et de toutes ses forces dans un cri elle tira la barre vers le haut. Elle hurla de douleur, la barre lui avait probablement encore plus entaillée le ventre. Le corps de Franck n'avait pas bougé d'un centimètre. Elle lâcha la pièce métallique, doucement, elle n'osait plus bouger. Elle ramena ses mains ensanglantées au niveau de ses yeux qu'elle ferma. Ne plus rien faire, ne plus rien tenter. C'était fini, ne plus rien faire, attendre la mort tout simplement.

Monsieur Julien avait commencé son cours depuis 20 minutes maintenant. Comme à son habitude il avait disposé son portable sur le bureau à portée de main. Il le consultait de manière compulsive, toutes les minutes, un regard sur les réseaux sociaux, sur ses SMS ou sur ses emails. L'utilisation des portables était proscrite dans tout le lycée, mais monsieur Julien était de ceux qui édictaient leurs propres règles. Ne voyant pas de contradiction entre délivrer un cours et consulter son téléphone soixante fois en une heure, il avait dès le début de l'année légalisé l'utilisation des téléphones portables dans ses cours. Après tout s'il était capable de faire un cours son téléphone à la main, il n'y avait pas de raison que ses élèves n'arrivent pas à suivre leur propre téléphone à la main. Le monde paraissait simple dans la tête de monsieur Julien, il se demandait parfois pourquoi tout le monde ne vivait pas comme lui. Il en ressortait donc un tableau improbable ou personne n'était connecté ensemble et dans lequel pourtant, tout le monde était connecté à tout le monde.

Charlotte assise au premier rang faisait comme tout ses camarades, elle ne suivait pas le cours. Elle était pourtant du genre à suivre consciencieusement les cours, mais elle détestait ce professeur, et elle ne trouvait aucun intérêt à suivre un cours d'allemand qui ne lui servirait jamais dans la vie. Elle rafraichissait sa page email toutes les minutes suivant le rythme imposé par son professeur.

« arrête de rafraichir ta page, c'est pas bon pour la planète »

Charlotte leva les yeux vers Sylvain qui lui adressa un petit signe de la main. Il venait de lui adresser un SMS. Très peu branché sur les portables, il s'était quand même converti et était rentré dans le moule afin de maintenir un contact avec ses camarades, ou du moins avec ceux qu'il imaginait être ses camarades.

« tu es belle »

Nouveau SMS de Sylvain, cette fois elle ne leva pas la tête. Ce n'était pas la première fois que Sylvain lui envoyait ce genre de compliment. Il lui arrivait d'en faire de même. Leur relation n'était pas franchement définie, entre flirt, amitié sincère, complicité, attirance. C'était assez confus pour Charlotte, elle avait décidé de laisser faire le temps et de voir où tout cela pouvait l'emmener. Pour l'instant ce n'était pas son sujet de préoccupation principal. Elle rafraîchit à nouveau sa page et l'email tant attendu s'afficha. Il n'avait pas menti, le délai annoncé était respecté.

« Charlotte, le mobile de ta mère a été détecté pour la dernière fois cette nuit à 4h12. Elle a reçu beaucoup d'appels mais n'a répondu à aucun depuis hier matin 9h00. Elle n'a pas passé d'appel non plus. Comme convenu je te donne la cellule et la couverture de celle ci. La cellule est la même entre hier 9h00 et cette nuit 4h. Je pense que le portable de ta mère n'a pas bougé pendant tout ce temps et qu'il s'est peut être déchargé. Comme je suis très fort, je t'ai trouvé aussi les coordonnées GPS pour affiner le résultat. Evidemment cela demandera un supplément, n'hésite pas à passer à la maison. »

Deux documents étaient attachés à l'email. Le premier intitulé « cellule 4632 - GZED » représentait une carte du quartier de Charlotte. Une zone dite « zone de couverture » recouvrait une bonne partie de la carte. Charlotte était surprise de l'étendu de la zone, comment pouvait on retrouver une personne avec des résultats aussi imprécis. Elle ouvrit rapidement le second document intitulé « GPS », nouvelle carte du quartier avec dans la marge des coordonnées latitude et longitude. Le point indiquait précisément l'immeuble ou Charlotte vivait avec ses parents. Elle fut déçue, elle avait imaginé pouvoir retrouver sa mère grâce à son portable. Or si son portable était localisé chez elle, cela ne signifiait qu'une chose : elle l'avait oublié chez eux et il s'était lentement déchargé.

- Je vous remercie pour votre attention, à vendredi !

Je vous remercie pour votre attention ! Vraiment ? De qui se moque-t-il. Le cours était fini, elle se leva et rejoint rapidement Sylvain, elle avait soudain besoin d'un peu de tendresse.

6.

Paul réveilla doucement Sophie, il était déjà tard en cet fin d'après midi et il avait besoin de parler. Il s'était lui même assoupi ces dernières heures, confortablement installé sur la terrasse. Madeleine y était encore, elle dormait à poings fermés. Il la laissa se reposer, ils feraient le point plus tard.

Il était troublé par l'arrivée de Sophie dans sa vie. Il avait décidé de quitter son boulot, de reprendre sa vie en main, d'avoir une discussion franche avec son épouse et d'affronter enfin la réalité et voilà que son amour de jeunesse, la première femme qu'il ait jamais aimée, débarque à l'improviste dans sa vie. Au moment où sa femme disparait, une revenante, sur le point de quitter cette Terre, apparaissait. Cela faisait beaucoup, en ajoutant Madeleine et Charlotte, il avait maintenant quatre femmes autour de lui, toutes avaient besoin de son attention, il décida qu'il fallait prendre le temps, régler les problèmes les uns après les autres. D'abord Sophie, puis Charlotte et enfin le tandem Anne - Madeleine, les problèmes pour ces deux dernières étaient liés.

L'état de santé de Sophie l'inquiétait naturellement, il ne savait pas quoi faire. Elle devait probablement être ailleurs, dans un institut qui prenne soin d'elle. Partir sans trop souffrir, n'était ce pas le principal sujet de préoccupation pour ces gens, pour leurs proches, pour le personnel médical. Pourquoi Sophie était-elle venue ?

- Comment tu te sens ?

Sophie ouvrit lentement les yeux et regarda Paul, elle sourit. Ce sourire le détendit, il lui rendit, un sourire un peu niais, pas franchement naturel, un peu maladroit, mais un sourire tout de même. Il prit conscience de ce sourire d'adolescent, n'avait-il rien appris des femmes depuis vingt ans pour rester aussi figé devant Sophie. Comment un homme est-il sensé réagir au sourire d'une femme qui l'a toujours fait craquer ? A dix-sept ans comme à quarante, on sourit bêtement.

- Ça va, merci. Ça m'a fait du bien de dormir un peu, lui répondit Sophie. Elle tenta de se redresser. Tu peux m'aider à remettre le coussin dans mon dos ?

Paul s'approcha et prit le coussin, elle mit ses bras autour de son cou pour l'aider à se relever. Il ajusta le coussin et l'aida à se repositionner en douceur. Il sentit son parfum, il n'avait pas changé. C'était le parfum des premiers amours, le parfum du lycée et de l'insouciance, le parfum des corps parfaits, des premiers émois amoureux, ceux qu'on ne retrouve plus jamais. Il avait aimé ce parfum hier, aujourd'hui il continuait à le troubler.

- Tu es toujours belle.
- Merci, tu es pas mal aussi. C'est curieux de se retrouver comme cela, non ?
- Oui, c'est sûr.
- Tu dois te demander pourquoi je suis venue.
- Oui.
- Ecoute, je ne sais pas trop. Je vais mourir, tu le sais. Une affaire de quelques semaines, je ne serai bientôt plus là. On ne se rend pas compte, je veux dire on ne peut pas se rendre compte de ce qui peut passer dans notre esprit dans ces cas là. C'est curieux, car on partage tous la même certitude, c'est qu'on va mourir un jour. C'est juste beaucoup plus concret pour certains, alors que pour la majorité c'est une perspective plus lointaine. Et je ne te parle pas de ceux qui n'ont pas encore intégré cette évidence.

Sophie s'arrêta un instant, elle reprit sa respiration et demanda un verre d'eau. Lorsque Paul revint de la cuisine, des larmes coulaient en silence sur ses joues. Il attrapa un mouchoir et lui sécha délicatement le visage. Il resta assis près d'elle sur le canapé.

- J'ai tout de suite compris que j'aillais mourir, je l'ai su dès le départ, je n'ai pas eu de période de déni ou d'acharnement. C'est une chance, tu sais, ça m'a permis de gagner du temps. Je suis allée à l'essentiel, on jette le superflu et on se concentre sur ce qui compte vraiment. Tout le monde devrait faire cet exercice, tu sais comme dans l'histoire des cailloux : placer les gros cailloux avant les plus petits et avant les simples gravillons. C'est la seule façon de tout faire rentrer dans ta vie. Tu devrais faire l'exercice, ça fait un bien fou tu sais, juste réfléchir à tes gros cailloux, quels sont ils et quelle place leur accordes tu.

Paul ne disait rien, le message lui semblait à la fois d'une banalité absurde et d'une vérité immense. Sophie bu une gorgée et reprit.

- Qui compte vraiment dans ta vie, quelles sont les personnes qui ont été ou sont toujours essentielles ? Pas importantes mais essentielles pour toi, pour ta vie et pour ton équilibre. Pour moi il y en a moins de dix et tu es dedans. Voilà pourquoi je suis là, pour te voir et pour te dire que malgré toutes ces années tu es toujours là.
- Merci.

Il ne voyait pas quoi dire d'autre, attaché à l'importance des mots, il connaissait la force de simples mots comme « merci » ou « pardon ». Il espérait que la conviction qu'il avait mis dans ce *merci* avait été correctement interprétée par Sophie. C'était à son tour de pleurer maintenant. Il lui caressa le visage, d'un geste tendre mais maladroit, le foulard qui lui recouvrait la tête glissa et découvrit un crâne lisse. Il déposa un baiser sur son front.

- Je suis là, je vais m'occuper de toi. Qu'est ce qui te ferait plaisir.
- Je crois que j'aimerai beaucoup boire un verre de vin.
- C'est facile, on a ce qu'il faut ici. Je vais te chercher ça.

Le commandant Montbaron avait quitté son poste relativement tôt ce soir là. C'était la veille de l'anniversaire de sa femme, et pour une fois il s'était pris en avance pour lui trouver un cadeau. Il était assez fier de lui et il constata aussitôt les bienfaits de cette initiative. Il allait rentrer tôt deux soirs de suite et il avait trouvé un cadeau pour son épouse. Tout était sous contrôle. Il avait opté pour un robot aspirateur, celui qui quitte tout seul sa base et revient se charger lorsque sa batterie est vide en ayant enregistré les endroits où il est déjà passé. Il avait pris le modèle premium avec reconnaissance vocale, l'appareil, relié au web, pouvait par ailleurs donner la météo du jour et les horaires des cinémas à proximité. Le cadeau était encombrant mais il savait ou l'entreposer avant le lendemain soir.

Il était ravi de rentrer tôt et de faire une surprise à sa femme. Depuis le départ de leur fils unique à l'étranger elle se sentait seule et lui reprochait régulièrement de ne pas être là plus souvent pour elle. Il faut dire qu'avec ces enquêtes pour meurtres en série, il n'avait pas compté ses heures et avait enchaîné des semaines de quatre-vingt-dix heures de travail. Bien-sûr, elle comprenait que son métier était important, elle le savait en épousant un flic. Mais les choses avaient changées et ce qu'elle souhaitait là c'était d'avoir un homme à ses côtés. Dans ce couple, comme dans d'autres, chacun avait pris l'habitude de parler de soi sans écouter le besoin de l'autre, si bien que Daniel Montbaron avait retenu qu'elle souhaitait avoir plus de temps libre pour elle même. Il avait donc choisi son cadeau d'anniversaire en conséquence.

Il pénétra dans l'immeuble et s'arrêta devant la porte du studio au premier étage. Il posa son cadeau et souleva le paillasson pour récupérer la clé. Elle ne s'y trouvait pas. C'était surprenant. Il avait eu son fils la veille au téléphone et il lui avait demandé où se trouvait la clé. Il lui avait affirmé qu'il la laissait toujours sous le paillasson pour permettre à chaque membre du groupe de venir jouer quand il le souhaitait. Ils étaient partis tous ensemble, mais il avait laissé les clés par habitude.

Daniel poussa la porte, comme si elle allait s'ouvrir par miracle. Celle ci était claquée et la poignée de tirage ne permettait pas de l'ouvrir. Il resta un moment interdit ne sachant quoi faire, il frappa plusieurs coups et attendit une hypothétique réponse. Il était là, silencieux devant la porte de son propre studio lorsqu'il entendit des voix derrière lui.

- Bonsoir Daniel, vous cherchez quelque chose ?

C'était Charlotte, la fille des voisins de palier. Elle était accompagnée d'un jeune homme de son âge.

- Bonsoir Charlotte, tu tombes bien je cherche à entrer dans le studio. Tu as vu quelqu'un passer ces jours ci ?
- Les clés ne sont pas sous le paillasson ?
- Tu es au courant de cela ? Qui sait au juste que les clés sont cachées là ?
- Beaucoup de monde je pense, c'est un lieu de passage ce studio. Il y a peut être quelqu'un à l'intérieur.
- Personne ne répond en tout cas.
- Peut-être que les personnes à l'intérieur ne souhaitent pas être dérangées. Vous n'avez qu'à repasser un peu plus tard, ils seront sans doute partis. Il s'en passe des trucs à l'intérieur vous savez.

Daniel se dit qu'en tant qu'officier de police il se devait peut-être d'être plus attentif aux personnes qui fréquentaient son propre studio et, en tant que père, sur les fréquentations de son fils.

- Merci du conseil Charlotte, tu peux me rendre un service ?
- Bien-sûr.

Daniel quitta le jeune couple non sans avoir pris des nouvelles des parents de Charlotte, la réponse de cette dernière lui avait paru énigmatique lorsqu'ils avaient parlé de sa mère. Mais il était soulagé, il avait trouvé une solution, son cadeau resterait chez les parents de Charlotte jusqu'au lendemain soir. Restait cette histoire de clé qu'il fallait résoudre sans tarder, il appèlera un serrurier dès demain.

––––

Charlotte embrassa son père, et déposa le cadeau de Daniel dans l'entrée. Une femme était allongée dans le canapé du salon. Une nouvelle, celle d'hier soir était quant à elle sur la terrasse, cigarette à la bouche et verre de vin à la main. Paul fit les présentations :

- Sophie, je te présente ma fille Charlotte et son ami Sylvain. Sylvain, ravi de te revoir.
- Merci Paul, plaisir partagé.
- Charlotte, je te présente Sophie, une amie de lycée.

Charlotte adressa un salut timide à la femme allongée, elle semblait très faible et en même temps il se dégageait d'elle une force incroyable, une détermination à toute épreuve.

- Des nouvelles de maman ?
- Non, pas de nouvelles.
- C'est pas normal, ça ne t'inquiète pas ? Elle est peut être en danger.

Charlotte avait presque crié. Elle avait peur. Bien-sûr que cela l'inquiétait, mais il fallait être patient. Anne allait revenir et il sera alors temps d'expliquer les raisons de son absence et de ce silence. Paul prit sa fille par la main et l'assis sur un fauteuil.

- Ma Charlotte, tu es grande alors je t'explique. Maman est partie parce qu'elle avait besoin de prendre un peu de distance. Nous ne savons pas où elle est, mais nous savons qu'elle n'est pas toute seule. Elle est avec un monsieur qui est le mari de Madeleine. Il montra du doigt la femme qui, à travers la baie vitrée, les fixait en silence. On va attendre qu'ils reviennent et, quand ils seront là, on aura une discussion tous ensemble.

Ça ne passait pas pour Charlotte. Il n'y avait aucune raison d'avoir une discussion tous ensemble. C'était un problème de couple et de famille, il devait donc être réglé en couple et en famille. Il y avait beaucoup trop de femmes dans ce salon. Si ces parents rencontraient un problème conjugal, ils devaient le régler à deux. Et puis sa mère n'était pas du genre à coucher avec le premier venu, elle était fidèle à son père. Si elle était avec le mari de la femme sur la terrasse, ce n'était pas par choix, il pouvait représenter un danger pour elle. Sa mère ne pouvait pas être partie. Elle était toujours là pour sa fille, elle ne la laisserait pas sans nouvelle plus d'une journée. Il y avait un autre problème. Elle garda pour elle ses découvertes sur la localisation du téléphone de sa mère, pris la main de Sylvain et l'emmena dans sa chambre ou ils s'enfermèrent.

- C'est pas toujours facile les enfants, n'est-ce pas ?

Sophie avait dit cela naturellement.

- Tu te souviens ? ajouta t elle.
- Quoi ?
- Ce bébé, cet enfant qu'on a failli avoir.

Bien-sûr qu'il s'en souvenait. Il n'avait rien oublié. Régulièrement, au fil des années, il lui venait à l'esprit. A quoi ressemblerait sa vie avec cet enfant ? Quel âge aurait-il eu ? Qu'aurait donné leur relation à Sophie et à lui dans ces conditions ? Seraient-ils restés amants, se seraient-ils mariés ? Quel genre de parents auraient-ils été ? Bien-sûr qu'il se souvenait.

- Je me souviens d'un grand con de dix-sept ans qui a enchaîné les erreurs. Je me souviens de t'avoir emmené à l'hôpital et d'être venu te chercher. Je me souviens de ton corps meurtri, je me souviens d'une décision difficile à prendre mais je me souviens aussi que nous avons pris la bonne décision. Je me souviens enfin que c'est toi qui a tout géré.
- Oui, c'était la bonne décision. On a fait ce qu'il fallait.

C'était la première fois qu'ils évoquaient le sujet à voix haute, la première fois qu'ils en parlaient avec quelqu'un d'autre depuis plus de vingt ans. Pourtant cet enfant était revenu régulièrement auprès d'eux au fils des années. Paul eu soudain très envie de prendre Sophie dans ses bras et de la serrer très fort.

- Qu'est-ce qu'on mange ?

Madeleine venait d'entrer dans le salon, interrompant Paul et Sophie dans leurs pensées.

- Pizza, je te laisse aller les chercher, répondit sèchement Paul.
- On va commander, je te l'ai dit je ne quitte pas cet endroit jusqu'à ce que mon mari revienne. Et puis, je suis médecin et je pense que ton amie a besoin que quelqu'un veille sur elle.

Ils dînèrent sur la table basse du salon. Sophie s'était endormie sans avaler quoique ce soit. Madeleine et Paul n'échangèrent pas une parole pendant le dîner. Curieuse situation de se retrouver là à attendre des nouvelles de leur conjoint respectif. Même si aucun des deux n'osait l'avouer, ils étaient inquiets. Il se passait autre chose qu'un simple adultère. Il fallait envisager qu'ils pouvaient être en danger.

————

Elle ne bougeait plus. Elle était à demi consciente. Seule une légère respiration, à peine perceptible, à travers ses lèvres entrouvertes permettait de constater qu'il n'y avait qu'un seul cadavre dans la pièce, et qu'il restait une vie à sauver. Elle ne ressentait plus la douleur suite à ses blessures à l'abdomen, elle ne sentait pas plus ses membres engourdis. C'était la fin, elle avait renoncé à se battre, elle était épuisée, complètement déshydratée. Elle divaguait, elle pensa à sa fille, à son mari. Ils étaient tout pour elle, elle avait tout fait pour eux, et elle aurait continué à le faire si le destin en avait décidé autrement. Ils étaient là, si proches mais tellement loin. Elle allait mourir toute seule, et au-delà de la mort, c'est sans doute cette solitude qui lui faisait le plus de peine.

7.

Il était déjà tard lorsque Sophie demanda à prendre une douche. Elle était parvenue à se lever toute seule et se déplacer péniblement. Elle avait décliné toute aide et Paul l'avait laissé se débrouiller. Madeleine avait regagné sa position sur la terrasse. Elle semblait dormir mais Paul n'en était pas certain. Il s'était pris d'affection pour elle, mais il craignait ses réactions si les deux amants ne donnaient pas de nouvelles rapidement.

Charlotte et Sylvain n'avaient pas donné signe de vie depuis le début de la soirée. Paul frappa doucement à la porte de la chambre de sa fille. En l'absence de réponse, il l'ouvra lentement. Les deux jeunes gens étaient allongés sur le lit, ils étaient habillés et se tenaient la main. Une musique les berçait, ils semblaient dormir en paix. Paul referma la porte, satisfait de voir que sa fille n'était pas seule pour affronter cette attente. Il connaissait Sylvain depuis deux ans, il le voyait de manière épisodique, selon un calendrier que seule Charlotte semblait maitriser. Mais il lui faisait confiance et il savait qu'Anne lui faisait confiance aussi.

Anne justement, son absence était tout simplement anormale. Paul savait que jamais elle ne laisserait sa fille sans nouvelle. Il était inquiet, il avait pris sa décision un peu plus tôt dans la soirée. Il appellerait son voisin du dessus demain à la première heure, il était policier et il saurait quoi faire. Il devait en parler à Madeleine.

Il passa devant la porte de la salle de bain, elle était entrouverte et on entendait le bruit de la douche. Il poussa lentement la porte et pénétra dans la pièce. Elle était là, derrière la paroi vitrée de la douche à l'italienne qu'ils avaient fait installer l'année dernière. Tel un fantôme du passé, elle était là, nue. Il contempla ce corps meurtri qu'il avait tant aimé. Elle était d'une grande minceur, mais après tout elle l'avait toujours été. Il la trouva belle, tout simplement. Elle tourna la tête et lui sourit, elle sortit de la douche. Il la couvrit d'une serviette et la prit dans ses bras. Ils échangèrent un baiser, tendre et d'une grande légèreté. Témoin d'une tendresse qui les avait toujours uni. Paul aida Sophie à s'allonger dans son lit, la débarrassa de sa serviette et la recouvrit de la couette. Il s'allongea à ses côtés.

- David viendra demain en début d'après midi, tu seras là ? J'aimerai vous parler, je veux dire tous les trois, tous ensemble.

L'évocation du fils de Sophie mit Paul mal à l'aise. Il se leva rapidement et s'apprêta à quitter la pièce.

- Tu t'en vas ?

Il fit demi tour, déposa un baiser sur ses lèvres et quitta la chambre. Lorsqu'il regagna le salon, il constata que Madeleine avait quitté « sa » terrasse. Elle fumait dans le salon, Paul lui arracha la cigarette des mains et alla la jeter dans l'évier.

- Je connais un flic très bien. Je lui parlerai demain matin, on ne peut pas rester les bras croisés sans rien faire.
- Je suis d'accord avec toi. Je te laisse le transat de la terrasse pour la nuit si tu veux, il fait trop froid, je prends le canapé.

Paul se dirigea vers la terrasse. Il avait très envie d'aller s'allonger près de Sophie et de la serrer fort contre lui. De l'embrasser et de lui dire combien elle avait toujours compté pour lui. Mais dans le même temps, il savait que ce n'était pas une bonne idée. Déjà ces quelques baisers lui semblaient ridicules. C'est vrai, c'est Sophie, la première femme qu'il a pris dans ses bras, la première qu'il a aimé et une des rares avec qui il a imaginé un futur. Elle débarque dans sa vie au moment ou il décide de tourner la page. Il doit être vigilant, il ne faut pas qu'il y ait de confusion dans son esprit, ses décisions doivent être claires. Paul ne veut pas rater son virage vers sa nouvelle vie, il doit se concentrer sur l'essentiel : retrouver sa femme et prendre soin de sa fille. On verra après pour le reste. Il se servit un nouveau verre de vin et s'alluma une cigarette. Il faisait bon, et la nuit allait être belle.

Sophie ne parvenait pas à s'endormir. Elle attendait Paul, elle ne comprenait pas pourquoi il ne venait pas la rejoindre. Elle était après tout dans son lit, il était assez naturel qu'il vienne dormir à ses côtés. Elle eu peur soudainement qu'il l'abandonne à nouveau. Elle avait assez attendu ce moment pour ne pas le laisser gâcher leurs retrouvailles. Elle avait adoré ce baiser, comme elle avait adoré se retrouver nue devant lui. Longtemps, elle avait cherché à retrouver cette étincelle qu'il avait dans le regard lorsqu'ils partageaient des instants intimes. Ce regard. Elle était nue devant lui. Jamais elle n'avait retrouvé cette émotion dans le regard des hommes avec qui elle avait partagé son lit. Il n'y avait que Paul pour la regarder ainsi et, plus que tout, elle avait besoin de ce regard pour rester debout, c'était une drogue et elle était sérieusement en manque. Il allait revenir et elle devait être prête. Elle laissa glisser la couette au sol et resta sur le dos, les bras le long du corps, fixant un point imaginaire au milieu du plafond.

La porte de la chambre s'ouvrit, il revenait. Elle ferma les yeux et attendit. Elle attendait ces mains qui viendraient la caresser comme il l'avait fait si souvent autrefois. Il fallait qu'elle ressente ça, une nouvelle fois. Elle y avait droit et elle mettrait tout en oeuvre pour y arriver. Retrouver ce second souffle, cette deuxième jeunesse avant de tirer sa révérence. Elle voulait revivre cette émotion. Elle attendit ces mains et pourtant rien ne se passa. Quelqu'un était dans la pièce près d'elle, quelqu'un qui la regardait sans la toucher. Elle sentait sa présence, lointaine d'abord puis plus proche, elle sentit enfin son souffle sur son visage.

- Je ne sais pas qui vous êtes, ni ce que vous voulez, mais je ne vous laisserais pas tout foutre en l'air.

Lorsqu'elle ouvrit les yeux, ce fut pour apercevoir Charlotte quitter la chambre de ses parents.

Sylvain était éveillé, assis au bord du lit de Charlotte lorsqu'elle rentra dans sa chambre.

- Tu es réveillé ? Je ne sais pas qui est cette femme qui dort à poil dans le lit de ma mère, mais je te jure que je ne vais pas la laisser faire.
- Ton portable, il vibre tout le temps. Je ne sais pas qui essaye de te joindre comme cela mais c'est peut-être important, en tout cas ça m'a réveillé.

Charlotte jeta un oeil sur son téléphone, elle avait reçu une dizaine de notifications. Il y avait eu une nouvelle tuerie aux Etats-Unis, un malade était entré dans un bowling et avait ouvert le feu sur les pistes. L'ensemble des applications d'informations auxquelles était abonnée Charlotte lui avaient envoyé des alertes.

- Ce n'est pas des appels, c'est des alertes Sylvain. Tu sais bien que j'ai une sonnerie personnalisée.

Et elle se mit à fredonner les premières notes de *Viva la vida*, elle avait choisi cette chanson de Coldplay comme sonnerie pour tous les appels entrants, Anne avait beaucoup aimé la chanson et, tout comme sa fille, elle avait opté pour la même sonnerie. Charlotte arrêta soudain de fredonner, elle se saisit et resta immobile un instant avant de se précipiter à nouveau sur son portable. Elle vérifia ses emails et leva la tête vers Sylvain.

- Je sais où est maman !

8.

- Tu m'expliques ?

Ils se retrouvèrent tous les deux devant la porte du studio, la clé n'était toujours pas sous le paillasson, ce qui renforçait la thèse de Charlotte. Sa mère était à l'intérieur, elle en était certaine.

- J'ai obtenu le positionnement GPS du portable de maman depuis lundi matin. Il n'a pas bougé et l'adresse est celle de l'immeuble. J'en ai conclu qu'elle avait oublié son portable dans l'appartement et qu'il s'était vidé, planqué quelque part dans ses affaires. Mais ça ne colle pas, maman avait mis la même sonnerie que moi par défaut, si le portable avait été dans l'appartement, je l'aurai entendu. Or je n'ai rien entendu et ce n'est pas faute d'avoir essayé de la joindre. J'ai donc repris le document en zoomant plus sur la carte, et tu vois le point est bien sur l'immeuble mais un peu plus en retrait, vers la cours, alors que l'appartement est sur la rue. Elle est à l'intérieur.

Charlotte se mit à frapper sur la porte, d'abord doucement puis de plus en plus fort.

- Arrête, il est 5h du matin, tu vas réveiller tout l'immeuble. Si ta mère est à l'intérieur, elle aurait ouvert hier soir, non ?
- Sauf si elle n'est pas consciente. Il faut trouver un moyen d'entrer. Suis moi.

Sylvain suivit Charlotte sans trop se poser de question. Cette fille était exceptionnelle, il le savait depuis leur rencontre il y a deux ans. Lors d'une soirée chez des amis communs, alors que tout le monde faisait la course pour être saoul le plus rapidement possible, elle était restée à l'écart. Elle ne s'était pas contentée de ne pas boire, elle était intervenue discrètement pour vérifier que tout le monde resterait bien en sécurité ce soir là. Sylvain l'avait vue planquer des clés de voiture, diluer des alcools forts dans de l'eau, supprimer des photos compromettantes sur les téléphones portables. Il était tombé amoureux d'elle presque instantanément. Il était conscient que c'était le genre de femme à vous tirer par le haut et il était déterminé à la suivre quoiqu'il advienne.

Charlotte était descendue au rez de chaussée et s'était engagée dans la cour arrière de l'immeuble. Elle leva les yeux vers la fenêtre du studio. Les volets n'étaient pas fermés, on pouvait accéder au niveau de la fenêtre en se hissant sur le toit du local poubelle, le toit était exigu et pas franchement solide, mais Charlotte savait qu'il résisterait à leur poids, elle avait déjà vu plusieurs personnes passer par là lors de mythiques soirées animées par le groupe. Ils grimpèrent sur une poubelle et se hissèrent sur le toit sans trop de difficulté. Sylvain jeta un regard vers l'immeuble voisin, ils étaient assez visibles, leur seule chance était cette heure matinale, il y avait peu de chance que quelqu'un soit réveillé.

Le store intérieur était descendu, on ne distinguait pas grand chose dans le studio plongé dans l'obscurité. Charlotte sortit son portable et activa la fonction lampe de poche, elle braqua le faisceau à travers la vitre vers l'intérieur. Il y avait une forme sur la canapé. Au moins une personne était allongée et immobile. Ils toquèrent à la vitre mais la personne ne réagit pas. La fenêtre avait été renforcée pour isoler les voisins des nuisances sonores. Tenter de briser la vitre aurait été une perte de temps. Deux plaques en métal avaient été fixées dans le bas du châssis, Charlotte les observa un instant.

- Bouge pas, je reviens.
Sylvain attendit seul, le regard fixé vers l'intérieur du studio sur cette forme immobile sur le canapé. On distinguait maintenant le corps d'un homme, il était probablement nu. Sylvain se dit qu'il serait peut être plus raisonnable de prévenir la police et les pompiers. Si une personne avait

besoin d'assistance, ce n'est pas eux qui pourraient l'aider. Il ne dit pourtant rien quand Charlotte revint avec un tournevis, ni lorsqu'elle parvint à démonter les plaques de métal. Elle passa son bras dans l'ouverture pratiquée dans le châssis et ouvrit la fenêtre de l'intérieur.

L'odeur dans le studio était insupportable. Ils mirent quelques secondes à comprendre. Il y avait effectivement un homme nu sur le canapé, il tournait la tête vers eux et l'expression sur son visage les figea. Il n'y avait pas de doute, cette homme était mort. La seconde d'après, ils la virent. Le corps de l'homme recouvrait la majorité de son propre corps mais elle était bien là, bloquée depuis deux jours à une dizaine de mètres de chez elle, au bout du palier.

- Elle respire, elle est en vie.

Sylvain avait approché son visage de la tête d'Anne. Il avait senti un souffle chaud sur sa joue, elle était vivante. Il fallait faire vite.

Ils tentèrent de déplacer le corps de l'homme avec précaution, l'opération n'était pas évidente, il était lourd et ils n'étaient pas préparés à cette proximité avec la mort. Le corps de l'homme glissa sur le sol, plus qu'ils ne le déposèrent. Anne était allongée nue, sur le dos. Charlotte écarta délicatement une lame en métal qui l'avait, visiblement, blessée au niveau de l'abdomen.

Soulagée par la pression qu'on venait de lui ôter, le corps d'Anne se mit à réagir. Elle gémit plusieurs fois avant d'entrouvrir les yeux, elle fixa du regard sa fille.

- De l'eau, de l'eau, lâcha-t elle dans un murmure.

Au même moment, on frappa plusieurs coups à la porte du studio.

Daniel avait été réveillé par un SMS. Louise, comme à son habitude, n'avait pas d'horaires. Adresser un SMS à 5h du matin à son chef ne lui posait pas de problème particulier. Si les gens veulent dormir, ils éteignent leur portable, ou les laissent suffisamment loin de leur lit. « *Femmes des victimes convoquées, seront toutes présentes à 8 heures ce matin* ». Il avait sauté de son lit et s'était préparé en un temps record. Il dévala l'escalier et s'arrêta devant la porte de son studio. Il n'avait pas apprécié de se retrouver dans l'incapacité de rentrer dans son propre logement la veille au soir. Si Charlotte avait raison, les clés devaient se trouver maintenant sous le paillasson. Il souleva celui ci et constata que ce n'était pas le cas. Il s'énerva et frappa de grands coups sur la porte.

Quelqu'un était à l'intérieur et il avait bien l'intention de le faire sortir et de changer la serrure. Il s'expliquerai plus tard avec son fils sur le changement de destination de ce que ce dernier considérait comme son studio d'enregistrement. Pour l'heure il fallait agir, il décrocha son téléphone et appela son adjoint, les serruriers sont toujours plus efficaces lorsqu'ils sont convoqués par la police. Il aurait pu demander à sa femme, mais en ce moment il fallait mieux la laisser tranquille, elle n'était pas franchement ouverte à la discussion et, comme à son habitude, il avait décidé de laisser passer l'orage. Merde ! sa femme ! Il raccrocha avant même que son adjoint ne réponde et envoya un SMS à sa épouse : « bon anniversaire mon amour ».

9.

Sophie avait attendu Paul une partie de la nuit, il n'était pas venu et elle avait dû se résoudre à ramasser elle même la couette au sol pour recouvrir son corps que personne n'embrasserait ce soir. Elle avait dormi d'un sommeil agité, la mort rodait dans ses rêves comme d'habitude. Cette nuit là, elle avait pris la forme d'une femme d'une extrême beauté, au corps parfait. Elle se promenait à moitié nue autour de Sophie, sans vulgarité juste pour lui montrer sa supériorité. Elle parlait sans cesse, son discours tournait en boucle : « je suis évidemment plus belle que toi, en tant que telle j'ai logiquement droit à une meilleure place dans ce monde, toi tu n'es rien, j'ai le droit à une meilleure place, je suis plus belle, et en tant que telle j'ai plus de pouvoir, le pouvoir c'est pour les gens beaux, pas pour toi, j'exerce mon pouvoir comme je l'entends et j'ai le droit de t'écarter, je sais je t'ai déjà écartée du bonheur depuis plusieurs années déjà, mais tu sais comme la vie est, je suis comme une enfant, je veux savoir jusqu'où je peux aller avant l'interdiction ou plutôt avant que le jouet ne se casse, l'interdiction n'existe pas pour moi, alors j'ai décidé de t'écarter de la vie, tu comprends, je suis évidemment plus belle que toi … »

Elle se réveilla en sursaut, il était enfin debout au pied du lit.

- Comment tu te sens ?
- Pas très bien.
- Tu veux venir boire quelque chose sur la terrasse ?
- Oui, merci.
- Tu as des médicaments à prendre ?
- Non.

Il quitta la chambre sans même proposer de l'aider. Elle se mit debout péniblement, enfila un peignoir et rejoint Paul sur la terrasse, il servait un thé, Madeleine était appuyée à la balustrade, elle fumait une cigarette en silence, elle ne la salua pas. Sophie, intimidée, s'assit sur le fauteuil. La matinée était belle, le store qui recouvrait la terrasse avait été tiré et on pouvait admirer le ciel bleu sur Paris. Sophie plissa les yeux, la luminosité était incroyable pour un premier étage dans une rue étroite, elle comprenait pourquoi Paul et sa femme avaient choisi cet appartement, on s'y sentait bien. Elle devenait jalouse. C'était ridicule, elle n'avait pas besoin d'être jalouse, elle était la première femme de cet homme, ils ont connu ensemble le premier émoi, celui qu'on oublie jamais. Celui qui fait qu'on passe notre vie d'adulte à tenter de s'approcher à nouveau de ce sentiment de plénitude. C'est ridicule. En tant qu'adulte, Sophie a mis toutes ses forces pour tenter de reproduire un schéma d'adulte responsable, celui qui fait qu'on peut être fier de soi en tant que parents. Et puis ? Ou sont passés ses rêves de jeunesse ? Ou sont passés ses frissons, ses émotions ? Elle y croyait pourtant.

- Ça va vous paraitre d'une très grande banalité ce que je vais vous dire, mais quand on va mourir on se rend compte de la fragilité de la vie, et de la petitesse des choses. Je veux dire, on est rien, on ne représente qu'un grain de poussière dans l'histoire moderne. Je ne vous parle pas de l'histoire de la Terre, il n'y pas d'échelle représentative pour celle ci ! Non, on est rien et pourtant au nom de notre propre égo, on imagine qu'on est très important et qu'on a le droit à tout. Je veux dire, on est prêt à se tuer pour posséder un peu plus. A quoi ça sert ? On tourne la tête et l'instant d'après on est mort, toutes les richesses qu'on a accumulé, toutes les destructions et les renoncements qu'on a tolérés, à quoi ça sert ? Je veux dire, à la fin, qu'est ce que cela représente ? C'est la fin, on est mort sans vraiment avoir vécu. Tout le monde le sait, mais pourtant tout le monde continue à vivre comme si il l'ignorait. C'est d'une absurdité sans nom.

Ils restèrent tous trois silencieux un instant. Sophie ne savait pas s'ils prenaient ses paroles sérieusement, ou s'ils faisaient juste preuve de politesse et de respect face à une personne mourante qui débite des conneries d'adolescentes.

- Je vais même vous dire un truc, je suis presque soulagée de partir pour éviter de devenir folle à me poser ce genre de question. Au moins je n'ai pas le choix.

Madeleine l'observait en silence. Cette femme la mettait mal à l'aise. Elle n'ouvrait presque jamais la bouche, si ce n'est pour avaler des volutes de fumées ou une gorgées de vin. Comment pouvait-elle rester ainsi à attendre l'hypothétique retour de son mari, et Paul qu'attendait-il du retour de sa femme ?

Elle demanda à Madeleine si elle pouvait quitter la terrasse pour les laisser seuls un instant. Celle ci se leva et alla s'installer dans le canapé de l'autre côté de la baie vitrée. Impossible de savoir si elle était contrariée, si elle comprenait. Une fois installée sur son poste d'observation elle ne quitta en tout cas pas Sophie du regard.

- Cette femme est bizarre.
- Qu'est ce qui est bizarre, Sophie, tu peux me le dire ? Qu'une femme souhaite se battre pour retrouver son mari, qu'un mari ne souhaite pas tromper sa femme alors qu'elle même l'ai déjà fait plusieurs fois ? Que tu débarques vingt ans après, mourante ? Qu'est ce que tu attends de moi ?
- A quoi tu penses quand tu me vois ?
- Je suis triste pour toi.
- Pourquoi ?
- Parce que tu vas mourir.
- Et alors, je ne suis pas la seule ! Es tu triste chaque jour pour les centaines de milliers de personnes qui meurent ?
- Non, bien entendu, tu représentes évidemment autre chose.
- Je représente quoi Paul ?
- Une des rares femmes que j'ai jamais aimée. La première que j'ai prise dans mes bras. Ça compte évidemment. Mais il n'y a pas que ça, c'est autre chose. C'est la nostalgie d'une autre époque et ça peut fausser la donne. Quand je te vois devant moi, est-ce que c'est la femme d'aujourd'hui, l'adolescente d'hier, la mourante que j'ai envie d'embrasser ? Est-ce que c'est l'amour, le regret ou la pitié qui me guide. Je n'en sais rien, et tu sais quoi ? J'ai

un autre sujet brulant sur le feu : où est ma femme ? Je dois avoir une petite conversation avec elle.
- Avant quoi ?
- Avant rien du tout, une conversation c'est tout.
- Tu es nostalgique Paul ?
- Non. Je n'essaie pas de lutter contre le temps qui passe, il gagnera ça ne sert à rien. Je pense que le meilleur est devant nous, à mon échelle en tout cas je m'estime largement moins con qu'il y a vingt ans. Il faut bien que vieillir serve à quelque chose. Je pense aussi qu'on est acteur de sa vie et qu'on peut ou qu'on doit la prendre en main. C'est marrant d'ailleurs, parce qu'il y a à peine trois jours je ne t'aurais jamais dit tout cela.

Elle lui prit la main sous le regard inquisiteur de Madeleine de l'autre côté de la baie vitrée. Sophie s'en moquait, elle pouvait penser ce qu'elle voulait, elle n'avait de compte à rendre à personne. C'est l'avantage lorsqu'on va mourir, on va à l'essentiel, le regard des autres devient soudainement accessoire.

- Je t'aime Paul, je t'ai toujours aimé. Toute ma vie, j'ai cherché à retrouver la même intensité amoureuse dans mes relations. Toutes ont fini en fiasco, et tu sais quoi ? Il n'y a qu'un seul responsable, c'est toi ! Bien-sûr, je ne m'en suis pas rendue compte tout de suite, il a fallu des années pour cela, pour comprendre pourquoi je n'arrivais pas à construire une relation sérieuse dans le temps, mais c'est devenu limpide, tu prends trop de place dans ma vie. Personne n'a pu entrer, tout simplement parce que tu n'étais pas parti. Voilà pourquoi je suis là, pour te le dire. Cela aurait été injuste que je parte sans te dire tout cela. Il faut rendre à César ce qui appartient à César en quelque sorte.

Il s'approcha d'elle et la pris dans ses bras. Il l'embrassa doucement dans le cou. Lorsqu'il releva la tête, son regard croisa celui de Madeleine. Elle avait un regard vide, Paul fronça les sourcils. Pourquoi avait elle besoin de les observer ? Il était tellement simple de détourner le regard.

- Il y a autre chose.

La bouche de Sophie était toute proche de son oreille, il entendit ses paroles autant qu'il sentait son souffle.

- Oui.

Elle le serra un peu plus dans ses bras.

- Je n'ai jamais avorté.

Anne buvait de lentes gorgées à la bouteille. Sylvain l'avait trouvée dans la salle de bain du studio, elle avait probablement servie à contenir de l'alcool précédemment et, malgré plusieurs rinçages successifs, il devait bien convenir que l'odeur était encore bien présente. De toutes manières, ils n'avaient rien d'autre sous la main et Anne ne semblait pas se formaliser. Les coups sur la porte avaient cessé et la personne qui avait frappé était probablement partie.

Charlotte et Sylvain regardaient tout deux le corps d'Anne. Nullement troublés par sa nudité, ils étaient inquiets devant les blessures sur son ventre. Elle avait deux entailles parallèles de plusieurs centimètres de longueur. Elles semblaient peu profondes, mais du sang continuait de s'écouler lentement des plaies.

Anne repris lentement ses esprits. Sa fille était parvenue à pénétrer dans la pièce par la fenêtre. Elle était accompagnée de Sylvain et à eux deux , ils étaient probablement en train de lui sauver la vie. Elle était incapable de bouger son corps complètement ankylosé. Elle voulut se redresser pour voir les blessures sur son ventre, mais le simple fait de solliciter ses abdominaux lui fit si mal qu'elle renonça.

- Qu'est-ce que j'ai ?

- Tu es blessée, il y a du sang qui coule. Il faut qu'on prévienne les pompiers.

Charlotte s'apprêtait à prendre son téléphone lorsque sa mère lui saisit la main.

- Non, Charlotte. On ne prévient personne. On va régler ça entre nous, on va y arriver.

Les deux jeunes gens l'observèrent en silence, ils semblaient être en attente de consignes à observer. Un peu perdus mais prêts à aider Anne. Après tout c'est uniquement ce dont elle avait besoin à l'instant. Ce n'était pas le temps des explications, elle verrait plus tard pour le côté moral. Elle allait embarquer ses sauveurs dans sa galère, elle n'avait pas le choix. Elle déciderait plus tard quoi faire, chaque problème en son temps.

- Sylvain, je veux que tu descendes à la pharmacie, achète de quoi soigner la plaie, on va régler ça et on avisera pour la suite.

Sylvain saisit les clés et sortit du studio. Anne regarda sa fille, elle avait l'air inquiet mais il n'y avait pas de signe de panique sur son visage. Elle attendait simplement des explications de sa mère ou des consignes. Anne était vivante et Charlotte l'avait retrouvée, a priori, juste à temps. Le reste n'avait pas d'importance.

Louise pénétra dans la pièce dans laquelle attendaient onze femmes. Elles étaient silencieuses, aucune n'avait visiblement fait le lien entre elles. Louise attrapa une chaise et s'assit sur le dossier, elle portait un pantalon moulant, des bottines et un simple t-shirt ouvert sur un décolleté. Elle aurait pu passer facilement pour l'une d'entre elles, mais Louise avait gardé son arme de service dans son étui à la ceinture. Et cela faisait toute la différence. Elle semblait indiquer aux autres, « regardez moi, femmes ordinaires, vous avez devant vous une héroïne de série ! ». Louise croisa le regard de certaines et c'est exactement ce qu'elle vit. Pour être honnête, il y avait aussi de l'appréhension, parce qu'on ne sait jamais pourquoi on est convoqué par la police, et du respect, parce qu'il vaut toujours mieux être du côté de ceux qui ont le pouvoir.

Daniel entra quelques instants après, l'attitude de Louise le fit presque sourire. Il aurait probablement fait une remarque s'il n'y avait pas eu onze paires d'yeux qui les fixaient. Il valait mieux garder ce genre de remarque pour le privé, le message passera mieux ainsi.

- Bonjour Mesdames, je vous remercie de vous être rendues disponibles ce matin. Je suis le commandant Daniel Montbaron. Je suis en charge du dossier concernant les meurtres de vos maris…

Daniel s'apprêtait à continuer lorsqu'un événement non prévu intervint. Au lieu d'écouter sagement le commandant de police et de rester assises à se demander si elles aussi elles auraient un meilleur sex appeal avec un flingue à la ceinture, les femmes se levèrent toutes en même temps et se mirent à parler les unes sur les autres. Elles venaient de se rendre compte qu'on parlait ici de meurtres en séries et que les femmes qui étaient autour d'elles partageaient la même souffrance. Elles se rendaient compte de l'horreur et se mirent à poser des questions que les officiers de police étaient bien incapables d'entendre dans le désordre ambiant. L'effet fut si bruyant que plusieurs personnes en uniformes pénétrèrent dans la pièce pour vérifier si les collègues n'avaient pas besoin d'aide.

Les collègues en question leur firent signe que tout était sous contrôle. Daniel était surtout en train de se dire qu'ils avaient franchement raté l'introduction. Il espérait que cela n'aurait pas trop d'impact sur la suite. Il jeta un regard sur Louise, celle ci semblait stupéfaite par la situation, elle était prête à bondir, sortir son arme de service et tirer dans la plafond pour faire taire tout le monde. Façon saloon. Daniel se dit que l'urgence était de s'assurer que Louise n'allait pas entreprendre quoique ce soit qui fasse empirer la situation. Il s'approcha d'elle et lui posa la main sur le bras.

- Laisse moi faire lui souffla-t-il.

Puis il choisit une femme de victime au hasard. Il s'avança vers la petite rousse, épouse du numéro 4, et lui posa la main sur l'épaule.

- Madame, à nouveau je vous présente mes condoléances pour le décès brutal de votre mari. Je comprends votre émotion, et je vous remercie pour la confiance que vous exprimez dans nos services. Sachez que nous faisons le maximum pour résoudre cette enquête dans les plus brefs délais. Nous avons de nouveaux éléments qui vont nous permettre d'avancer et d'interpeler l'auteur de ces meurtres. A nouveau je vous remercie d'être disponible pour nous ce matin.

Il avait dit cela d'une voix douce et très lente. Le regard planté dans celui de la petite rousse qui l'avait écouté sans réagir. Les autres s'étaient calmées, elles se demandaient pourquoi celle ci avait le droit à un commentaire en privé, son mari était il mort dans des conditions encore plus douloureuses que celles de la mort de leur homme ? Daniel avait obtenu l'effet escompté, le calme régnait dans la pièce et il reprit la parole pour toutes.

- Mesdames, je comprends votre émotion, nous avons des éléments qui nous permet de faire le lien entre les morts violentes de vos maris. Le mode opératoire est identique, et il est très probable que ce soit la même personne qui ait assassiné vos proches. Nous vous avons réunies ce matin pour parler d'eux. Nous aimerions que chacune d'entre vous prenne la parole pour parler de lui, les autres écoutent et interviennent si quelque chose leur parle.
- Quelque chose comme quoi ? demanda l'une d'elle.

Daniel se retourna vers la femme qu'il avait identifié comme l'épouse numéro sept.

- Une situation, un lieu, une rencontre, une habitude … Quelque chose que vous seule connaissez, quelque chose qui nous permette de faire le lien entre vos maris et la personne qui a fait cela. Nous sommes convaincus que la femme qui est derrière cela connaissait chacune de ses victimes. Il est essentiel pour nous de comprendre comment l'assassin a connu ses victimes. Nous comptons simplement sur vous pour cela.

Il y eut quelques instants de silence, un peu comme à l'école quand tout le monde regarde ses pieds et que personne ne veut commencer, ou que personne ne souhaite être interrogé. Et puis la petite rousse (numéro quatre) prit la parole, encouragée par les quelques mots que Daniel avait eu pour elle devant tout le monde.

- Jean-Charles était un très bon mari. Il travaillait beaucoup, il s'inquiétait de l'avenir de ses enfants et voulait mettre tout le monde à l'abri. C'était un grand sportif et il adorait faire la cuisine. Il travaillait dans la banque et avait fait ses études à l'université de Caen, il était normand.
- Moi aussi, il travaillait dans la banque ! ajouta une des femmes visiblement ravie de trouver un point commun.
- Pas moi, il était ingénieur. Il faisait quoi comme sport ton mari ?

C'était parti, elles discutaient entre elles. Louise et Daniel restaient silencieux de leur côté, ils prenaient des notes en observant ces femmes bien décidées à trouver un point commun qui leur permette de participer à la résolution du meurtre de leurs maris.

10.

Sylvain avait couru de pharmacie en pharmacie. Aucune n'était encore ouverte à cette heure matinale. Il avait renoncé à traverser deux arrondissements pour trouver une pharmacie de garde, il s'était alors posté devant une pharmacie dont le panneau sur la porte annonçait une ouverture prochaine à 7 heures. Il n'avait aucune idée de ce qui était nécessaire pour soigner les plaies de la mère de Charlotte. Il sortit son portable et fit une recherche rapide sur le web. Les résultats ne lui furent pas d'un grand recours, des listes interminables de médicaments, des messages sur des forums qui conseillaient de recourir à des méthodes traditionnelles, quand ils n'allaient pas jusqu'à proscrire toute médication moderne. Sylvain décida qu'il allait demander une trousse de premier secours, de l'antiseptique et des compresses.

Il connaissait assez peu Anne. Il avait davantage croisé le père de Charlotte. La retrouver nue avec un cadavre sur le corps l'avait un peu secoué. Il se rendit compte qu'il tremblait et qu'il était nauséeux. Il pénétra dans la brasserie située juste à côté de la pharmacie et qui était, à la différence de cette dernière, déjà ouverte. Il commanda un whisky qu'on lui servit sans autre commentaire, comme s'il était courant de consommer un alcool fort avant sept heures le matin. Il le but d'un trait. L'alcool lui brula la gorge et sembla l'apaiser, il en commanda un deuxième qu'il but plus lentement.

Que s'était-il passé ? Pourquoi Anne avait elle refusé qu'ils appellent les pompiers ? Etait-elle responsable de la mort de l'homme qui l'accompagnait ? Sylvain n'était pas très sûr de l'attitude à adopter. Il se demanda s'il devait prévenir la police, et si on pourrait lui reprocher quelque chose ultérieurement. Son téléphone vibra, un SMS de Charlotte qui lui demandait de prendre quelque chose à manger pour sa mère. Il vida son second verre et quitta le bar, la pharmacie venait d'ouvrir. Il se posa devant l'entrée et alluma une cigarette. Il aimait cette fille, elle représentait tout à ses yeux et il n'allait pas la décevoir, il ne devait pas la décevoir. Il jeta sa cigarette et pénétra dans la pharmacie.

————

Dire que Paul était contrarié aurait été un euphémisme. Il venait d'apprendre qu'il avait un fils depuis plus de vingt ans et que la mère de cet enfant avait jugé opportun de le lui cacher. Il était furieux contre Sophie, furieux d'avoir pris la décision seule, furieux qu'elle ait pris seule la décision et de la lui cacher pendant toutes ces années. Il avait envie de lui hurler au visage tout le dégoût que cela lui inspirait. Comment peut-on cacher un père à son fils pendant vingt ans ? Quels mensonges lui avait-elle dit pendant toutes ces années ? Il avait demandé fermement à être seul et Sophie était rentrée de mauvaise grâce dans le salon. Elle avait retrouvé sa position allongée sur le canapé sous le regard vide de Madeleine.

Paul leur tournait le dos. Il avait besoin de réfléchir, de se souvenir. Il se rappelait de l'hôpital, de ces couloirs, il se souvenait avoir déposé Sophie, il avait attendu la journée entière avant qu'elle ne sorte, il l'avait ensuite accompagnée chez elle. Il se souvenait très bien avoir veillé sur elle toute la soirée. Elle lui assurait, aujourd'hui, n'être jamais entrée dans la salle et avoir feint la fatigue et la douleur. Après tout il n'était, à aucun moment, entré lui même dans le service. Avaient-ils tous deux passé la journée sur une chaise dans deux salles d'attente différentes à une dizaine de mètre l'un de l'autre. Etait-ce seulement possible ?

Bien-sûr, il y avait eu la rupture à peine quelques semaines après cette journée. Paul n'avait croisé Sophie que quelques années après, furtivement dans une soirée, ils s'étaient aperçu et avaient échangé un sourire de loin, sans un mot. Et puis ce long silence, la vie suivait son cours et il ne fallait pas dévier d'un iota. Mais cela c'était avant, parce que maintenant la vie de Paul avait changé, ou plus exactement il souhaitait qu'elle change. Il n'allait plus se laisser marcher sur les pieds, il fallait qu'il soit certain que ce fils était bien le sien, et il savait à qui il allait demander. Mais avant il fallait qu'il demande un service à sa fille. Il traversa le salon et passa au milieu des deux femmes qui ne dirent rien, l'image était irréelle, aucune des deux n'étaient chez elle mais toutes les deux semblaient faire partie des meubles. Il fonça dans la chambre de sa fille dont il ouvrit la porte sans même frapper, la chambre était vide, cela le surprit. Il n'avait pas entendu Charlotte et Sylvain quitter l'appartement. Depuis combien de temps étaient-ils partis ? Il referma la porte doucement en songeant qu'il avait été bien imprudent d'ouvrir sans frapper, il ne fallait pas que cela se reproduise.

Il attrapa sa veste et quitta l'appartement. Il dévala l'escalier et manqua de renverser Sylvain qui montait beaucoup plus tranquillement, presque discrètement. Ils furent tout deux surpris de cette rencontre.

- Sylvain, tu tombes bien ! Qu'est ce que tu fais là ? Tu n'es pas avec Charlotte ? Je ne vous ai pas entendu partir, vous vous êtes levés à quelle heure ?

Sylvain ne savait pas à quelle question répondre, ni quelle réponse apporter. Il choisit le silence.

- Tu n'es pas avec Charlotte ?
- Non, elle est partie au lycée, elle m'a dit que je pouvais revenir dans sa chambre …
- Tu vas manger tout ça tout seul ?

Paul lui indiqua le sac de boulangerie qui paraissait volumineux dans les bras de de Sylvain.

- J'ai très faim mais si vous en voulez un, n'hésitez pas !

Il se saisit d'un croissant et en avala un morceau tout en continuant son propos.

- J'ai besoin de toi Sylvain, je sais que tu es calé en informatique et j'ai besoin de trouver le numéro de portable d'une personne. Tu peux m'aider ? Elle s'appelle Pénélope Delacour.

Sylvain se dit que celui qu'il considérait comme son beau père ne le connaissait absolument pas, il en fut troublé mais décida d'être à la hauteur du challenge. Il ne savait pas franchement par où commencer. Il prit son portable et entra le nom de la personne cherchée. Il lança une recherche sur google et tomba sur un premier résultat très prometteur. Pénélope Delacour avait créé un site internet à son nom, elle exerçait le métier de coach en entreprise. Son site était un concentré d'articles sur le développement personnel, ainsi que sur sa méthode et sur ses prestations. Sylvain alla sur la partie contact et trouva directement un numéro de portable. C'était trop facile, trop rapide, il était à peine crédible. S'il voulait impressionner Paul davantage, il fallait qu'il passe un peu plus de temps sur les recherches. Il hésita et se rappela qu'une femme attendait à l'étage et qu'elle avait aussi besoin de son aide. Entre impressionner le père et sauver la mère, son choix fut vite fait.

- Si la femme que vous cherchez est bien celle sur la photo, vous pouvez la contacter sur le numéro juste en dessous.

Paul jeta un oeil à la photo, Pénélope avait vieilli bien entendu, mais c'était bien elle. Il n'y avait pas de doute.

- Je te remercie Sylvain, je vais prendre un café dans la brasserie en face, j'ai besoin de prendre l'air, si jamais Charlotte me cherche.

Sylvain le laissa partir, il attendit une petite minute pour s'assurer que personne n'allait remonter. Lorsqu'il fut enfin certain d'être seul, il se dirigea vers le fond du couloir et entra rapidement dans le studio.

———

Sophie avait mal à la tête, elle avait très soif et ne parvenait pas à s'endormir. Elle s'inquiétait, Paul était parti en un coup de vent et David allait arriver pour le déjeuner. Elle ne savait pas comment aborder le sujet, elle aurait aimé en parler avec Paul un peu avant. Elle comprenait évidemment le choc qu'une telle annonce pouvait provoquer chez lui et elle accepta son besoin d'être seul, elle espéra seulement qu'il n'allait pas tarder à revenir. Et puis il y avait cette femme, cette Madeleine qui ne la quittait pas des yeux en silence. Elle semblait essayer de lire en elle, et cela mettait Sophie très mal à l'aise.

- Pourquoi Paul est parti ? Tu lui as dit quelque chose qui ne lui a pas plu ?
- Non, je pense qu'il a simplement envie de prendre l'air, on empiète un peu sur son espace vital non ?
- Moi, je ne suis ici que pour retrouver mon mari, c'est sa femme qui a empiété sur mon espace vital, il ne faut pas confondre. J'espère juste qu'il n'est pas reparti la retrouver.

Madeleine laissa passer un moment de silence avant de poser la question qui lui brulait les lèvres :

- Et toi Sophie, pourquoi es-tu ici ?

Sophie se redressa et planta son regard dans celui de Madeleine.

- Je suis ici pour retrouver l'homme que j'ai aimé il y a plus de vingt ans. Pour lui dire au revoir, enfin tu sais tout ça.
- Pourquoi est ce que tu ressens ce besoin ? Je veux dire, tu pourrais mourir avec ton fils, tes proches dans un service de soins palliatifs dans un hôpital quelconque. Quel est l'intérêt de tout ça ? Pourquoi imposer toutes ces souffrances à ceux que tu prétends aimer. C'est tellement égoïste, non ?
- Egoïste ? Non ! Bien-sûr que non ! Comment oses-tu dire cela.
- Pourquoi cet homme ? Il n'est rien d'autre pour toi qu'un amour de jeunesse. Il ne s'est vraiment rien passé pour toi

ces vingt dernières années pour que tu reviennes vers cet homme là.
- Il est le père de mon fils !

Madeleine se leva, ouvrit en grand la baie vitrée et alluma une nouvelle cigarette.

- Il le sait ?
- Je viens de lui dire. C'est pour cela qu'il est sorti, je pense.
- Et ton fils, il le sait ?
- Non.
- Pourquoi ne pas lui avoir dit avant ? Je veux dire Paul est sensé savoir qu'il a un fils, pourquoi ce dernier moment?
- Parce que je vais mourir, je vais les laisser seuls ! Tu n'as pas encore compris cela ?

Sophie avait presque hurlé cette dernière phrase. Dans l'énervement, elle avait bondi sur ses jambes et se retrouvait maintenant à un mètre à peine de Madeleine. Cette dernière adopta alors le ton du médecin, de celle qui sait, qui connait le diagnostic.

- Je suis médecin Sophie. Tu ne vas pas mourir. Tu es malade c'est vrai, mais tu ne vas pas mourir. Vois-tu, je n'ai pas de compétence particulière en psychiatrie, mais je pense que tu dois être soignée. Peut-être que tu sais toi même de quelle maladie tu souffres. En revanche, tu n'as pas de cancer et tu ne vas pas mourir. C'est plutôt une bonne nouvelle en soi, mais comme tu le sais déjà, j'imagine que cela ne te soulage pas trop. Cela me fait revenir à ma question précédente : Pourquoi tu es là Sophie, qu'attends-tu de cette rencontre ? Pourquoi ces mensonges ?

Elle ne répondit pas. Elle était immobile comme glacée en un instant. Elle ne comprenait pas ce que lui disait cette femme. Madeleine lui racontait n'importe quoi, comme les autres. Elle était dangereuse, elle lui faisait peur. Pourquoi était elle si méchante avec elle ? Elle allait mourir et souhaitait simplement se retrouver auprès de l'homme qu'elle aimait. Elle voulait qu'il l'embrasse, comme hier soir. A nouveau être prise dans ses bras, sentir sa peau, être rassurée par sa respiration. Elle n'allait laisser personne se mettre en travers de son bonheur, elle avait tellement attendu ce moment là. Lentement et le plus naturellement possible, Sophie alla dans la cuisine. Elle se saisit en silence d'un couteau sur le présentoir et elle le tint dans son dos avant de retourner dans le salon, Madeleine n'avait pas bougé, la seule différence notable était ce revolver qu'elle tenait dans la main, le canon dirigé vers Sophie.

- Pose ton couteau Sophie. Ne tente rien ou je tire. Je te préviens je sais m'en servir. C'est drôle parce qu'à la base, cette arme n'est pas prévue pour toi mais pour la femme que tu veux écarter de Paul. Celle qui essaie de me piquer mon mari. Je te propose un marché, tu pars maintenant et tu ne remets pas les pieds ici avant un long moment. Je m'occupe de la femme de Paul à son retour, je suis prête à l'attendre longtemps. Paul sera libre, tu pourras revenir vers lui. Je ne sais pas comment tu pourras lui faire croire que tu es guérie après avoir été mourante mais je m'en fous. Le deal est simple, tu ne tentes rien contre moi et je garde ton secret. Mais pour l'instant pose ton couteau.

Sophie ne comprenait rien à ce que Madeleine disait. Elle ne captait qu'un bruit de fond. La menace se précisait. La femme tenait une arme à feu, il fallait agir et vite. Elle ne pouvait se permettre de se mettre dans une situation dans laquelle sa vie était en jeu. Elle prit lentement le couteau entre son pouce et son index et leva lentement le bras, prête à lui tendre le couteau. Madeleine baissa son revolver et tendit la main pour le saisir. En une fraction de seconde, Sophie avait levé le bras et dans un élan d'un mètre à peine, elle projeta en avant l'arme blanche. Après avoir fait un demi tour sur elle même, la lame vint se planter dans la poitrine de Madeleine. Dans un mouvement de surprise, celle-ci recula vers la terrasse et redressa le bras, elle eut le temps de viser et d'appuyer sur la détente. Trois coups de feu retentirent avant qu'elle ne s'écroule appuyée sur la rambarde de la terrasse.

————

Lorsque Sylvain était arrivé dans le studio, le corps d'Anne avait été partiellement recouvert jusqu'à la taille. Il était question de rester un minimum pudique et il s'était efforcé de regarder Anne dans les yeux quand il s'adressait à elle. Elle avala très rapidement un croissant et demanda à nouveau de l'eau. Charlotte lui tendit la bouteille et ouvrit la trousse de secours. Sylvain l'aida du mieux qu'il pu, aucun des deux n'avaient de formation de secourisme, mais Charlotte avait pris la tête des opérations et Sylvain, comme à son habitude, l'assistait. On déploya des compresses stériles pour nettoyer les plaies. Charlotte appliqua ensuite des bandes pour maintenir les entailles fermées, on ne lésina pas sur la quantité. Le travail semblait propre et Anne ne se plaignait pas de la douleur. Ils étaient donc tout les deux assez satisfaits du travail accompli jusqu'ici. Il fallait maintenant stabiliser tout cela pour éviter que les coupures ne s'ouvrent à nouveau. Ils disposèrent des pansements pour protéger les minces bandes adhésives qu'ils avaient installées et recouvrirent le tout d'une large bande qui fit le tour de la taille d'Anne. Le résultat était satisfaisant, Anne resta allongée pour récupérer, la position assise lui était inconfortable et il n'était pas question pour elle de se mettre debout. Ses membres ne semblaient pas encore avoir récupéré de la compression continue dont ils avaient fait l'objet.

- Merci mes enfants. Charlotte j'ai besoin que tu ailles à l'appartement pour prendre une enveloppe dans le placard de notre chambre. C'est une grosse enveloppe kraft, elle est posée sur l'étagère du haut. Il n'y aucune inscription dessus. Ton père doit être au travail, tu pourras prendre l'enveloppe tranquillement, reviens vite.
- C'est un peu plus compliqué que ça, maman. Tu crois franchement que papa peut être au bureau alors que cela fait quarante-huit heures qu'on te cherche partout. Et puis il n'est pas seul.
- Ah bon ! Qui est à la maison ?
- Je te l'ai dit, c'est un peu compliqué, je vais chercher l'enveloppe et on en parle après.

Charlotte venait de sortir lorsqu'ils entendirent trois coups de feu. Sylvain bondit et rejoignit son amie sur le palier.

- Ca venait d'où ?
- Je dirai de l'appartement. Merde, papa !
- Ton père n'est pas là, il boit un café dehors.

Ils avancèrent et ouvrirent prudemment la porte de l'appartement. La première chose qu'ils virent fut le corps de Madeleine appuyée à la rambarde, une main sur le marche d'un couteau de cuisine enfoncé dans la poitrine, la seconde tenait une arme à feu. La tête était affaissée et, sans le sang qui coulait, on aurait pu croire qu'elle dormait.

Le corps de Sophie était visible sur le tapis, elle respirait encore, mais semblait essoufflée. Charlotte s'approcha prudemment, Sophie avait les deux mains sur le ventre, elle appuyait fort et du sang glissait entre ses doigts, il s'écoulait entre les fibres du peignoir, formant de larges tâches foncées. Lorsque Sophie la vit, elle voulu tendre une main vers elle, Charlotte eu un brusque mouvement de recul et partit précipitamment vers la chambre de ses parents.

Sylvain était comme tétanisé devant ce qu'il voyait, il était à nouveau confronté à la mort en quelques heures. Cette fois ci, c'était encore plus violent. Il y avait du sang partout, on pouvait presque sentir son odeur, et puis il y avait cette femme allongée agonisante. Que fallait il faire ? Appeler les secours ? La police ? Qui étaient ces femmes et qui avait tué qui ? Il était encore en train de se poser toutes ces questions quand Charlotte réapparut dans son champ de vision. Elle serrait contre elle une enveloppe kraft à soufflets qui paraissait très épaisse.

- Viens Sylvain, on s'en va !

Elle fit un pas vers la porte et constata que Sylvain n'avait pas bougé, il demeurait silencieux le regard fixé sur Sophie qui continuait de gémir doucement.

- Sylvain, bordel on se casse. Viens vite, merde !

Il la regarda enfin, le regard vide, comme si elle était transparente, il semblait ailleurs, perdu. Charlotte serra l'enveloppe contre elle et, de sa main libre, lui caressa le visage. Et, lentement mais très déterminée, elle l'embrassa. Le baiser ne dura qu'une dizaine de seconde, mais il fut pour tout les deux d'une grande douceur.

- Viens mon amour, j'ai besoin de toi.

Elle le prit par la main et ils quittèrent tout deux l'appartement.

11.

Paul s'était installé à l'extrémité de la terrasse, de ce côté de la rue il avait une vue dégagée sur son immeuble. Il s'était trouvé au même endroit à peine deux jours plus tôt, il lui semblait que c'était il y a une éternité. Il avait commandé un café et fumait une cigarette, Pénélope n'avait pas répondu à sa première tentative. Il réessaya et cette fois ci elle décrocha à la première sonnerie.

- Pénélope Delacour.
- Bonjour Pénélope, Paul Dubreuil à l'appareil. Je te dérange pas ? Tu te souviens de moi ?
- Paul ! Quelle surprise ! Bien entendu, je me souviens de toi, tu plaisantes. Comment vas-tu, ça me fait plaisir de t'entendre !

La joie n'était pas feinte et il faut bien l'avouer ça faisait aussi beaucoup de bien à Paul d'entendre cette voix. Ils échangèrent quelques mots sur leurs situations respectives, les propos étaient honnêtes et simples. La discussion venait naturellement et Paul se fit la réflexion que cela tranchait beaucoup avec les échanges de ces dernières heures avec Sophie. Sophie justement, il était temps d'en venir au fait.

- Ecoute Pénélope, je t'appelle au sujet de Sophie. Je ne sais pas si tu as gardé des contacts avec elle ces derniers temps, mais je voulais parler avec toi d'un souvenir de plus de vingt ans.
- Paul, je n'ai pas parlé à Sophie depuis cette époque là, tu sais. Nos rapports se sont dégradés, on ne s'entendait plus vraiment après le lycée. En fait je pense qu'on a tenu peut-être deux ans après votre rupture.
- Que s'est il passé Penny ?
- Ca me fait plaisir que tu m'appelles Penny ! J'ai l'impression d'être retournée au lycée, YES !

Et elle partit dans un grand éclat de rire. Le bonheur de parler avec des gens pour qui les choses sont simples, Paul était heureux et il se promit de ne jamais s'éloigner de ces gens là.

- C'est quoi le souvenir dont tu voulais parler ?
- Est ce que tu te souviens de l'avortement ?
- Si je m'en souviens ? Bien-sûr que je m'en souviens. C'est ce qui a tout foutu en l'air, votre relation et la notre. Sophie n'a jamais été la même après l'opération. Elle t'en a voulu, beaucoup et elle a sombré petit à petit dans une dépression. Elle était devenue différente, elle ne parlait que de toi et de votre enfant. C'était devenu une obsession chez elle, elle s'était persuadée qu'elle était encore enceinte.
- Est-ce que c'était le cas ?
- Non ! Bien-sûr que non. Elle a avorté, tu le sais. Enfin je veux dire, ce jour là tu étais à l'hôpital avec elle non ?
- Justement, oui et non. Je vais être très clair, est-ce qu'elle aurait pu garder cet enfant à l'insu de tout le monde, est-ce que tu as remarqué quelque chose ?

Pénélope prit une grande respiration. Son ton de voix avait changé, Paul entendit le bruit caractéristique d'un briquet, d'une cigarette qu'on allume et de la première aspiration.

- Paul, je ne sais pas pourquoi tu me demandes ça et j'ignore complètement à quoi Sophie joue en ce moment. Mais je vais te dire une chose, la dernière fois que je l'ai vue nous étions chez elle. Elle était partie dans un nouveau délire, elle voulait élever votre enfant toute seule, l'idée était que tu vives ta vie pendant qu'elle prenait en charge l'éducation du gamin. Elle t'attendrait jusqu'à ce que tu reviennes pour que vous formiez enfin une grande et belle famille. Des conneries je te dis pas. Elle était dans un déni complet, ça m'a mise en colère.
- Qu'est ce que tu as fait ?
- J'ai attrapé le compte rendu de l'opération et je lui ai lu à haute voix. Elle m'a giflée, elle a déchiré le papier et je suis partie en claquant la porte. C'est la dernière fois que je l'ai vue.
- Le compte rendu de l'opération, il y avait quoi dessus ?

- A ton avis ? Tout le détail. Elle a avorté Paul, je l'ai lu de mes propres yeux !

La réunion n'avait pas pris la bonne tournure. Ils étaient en train d'assister impuissants à un mélange entre une série d'éloges funèbres et un café entre bonnes copines. Il y avait des larmes et des câlins, il y avait aussi des sourires. Tout le monde avait l'air de passer un bon moment. La police avait mis en place un groupe de parole qui aidait tout simplement les proches des victimes à faire le deuil. On était loin de l'effet escompté.

Daniel avait cessé de prendre des notes depuis une vingtaine de minutes. Il griffonnait sur son bloc, raturant consciencieusement les quelques éléments notés depuis le début. Rien n'était important, il n'avait rien découvert et tout cela allait finir à la poubelle. La seule raison pour laquelle il ne mettait pas fin aux échanges immédiatement était cette complicité qui était née entre ces femmes. Il respectait cela et se donnait encore un quart d'heure avant de mettre fin aux débats.

Louise n'avait pris aucune note, elle se fiait d'une part à la discipline de son commandant sur le sujet et d'autre part sur son excellente mémoire. Elle admirait le courage de ces femmes mais quelque chose la troublait. Ces femmes ne se connaissaient pas il y a deux heures à peine, et on pouvait avoir l'impression qu'elles étaient devenues les meilleures copines du monde. Jusqu'à quel point l'intime avait été abordé ? Louise évoluait dans un environnement très masculin, elle s'était adaptée pour évoluer à son aise tout en gardant son indépendance, elle savait que le portrait que ces femmes faisaient de leur mari respectif était incomplet. Personne n'est parfait à commencer par les hommes qui meurent nus !

- Qu'est ce qui vous énervait le plus chez lui ? Je veux dire, pensez à votre mari, quelle était sa faiblesse, qu'est ce qui vous agaçait régulièrement ?

Louise s'adressait à tout le monde et à personne à la fois. Les femmes se turent instantanément. Les regards allèrent de Louise à Daniel. Elles semblaient surprises, comme si elles venaient de se rappeler où elles étaient et la raison de leur présence. La police était là aussi pour poser des questions.

- Moi c'est facile, reprit la petite rousse. Il buvait trop mais il a réussi à arrêter. Je suis très fière de lui.
- Moi aussi il buvait trop et il a arrêté !
- Pareil.
- Je suis dans le même cas.

Il avait suffit d'une phrase, au moment où on s'y attendait le moins. Daniel avait cessé de griffonner, il touchait au but, il l'avait compris en une fraction de seconde, la réaction du groupe avait changé. Il reprit la main sur le débat immédiatement. Toutes les victimes étaient d'anciens alcooliques, leurs femmes le confirmaient, et tous avaient cessé de boire il y a six mois, les dates n'étaient pas très précises mais la période était la même. Il fallait faire vite, une vie était encore en jeu.

- Savez vous comment ils ont fait pour arrêter de boire ?

Bien-sûr qu'elles le savaient ! Elles parlèrent d'une méthode innovante, d'un travail qui se fait en groupe sur plusieurs séances. Elles ne connaissaient pas la méthode, mais cela Louise et Daniel s'en moquaient. Ils voulaient joindre les organisateurs au plus vite.

- L'une d'entre vous a-t elle le nom d'un des responsables ?

Elles avaient mieux que cela, trois femmes brandirent leur portable, elles partageait leurs contacts sur le cloud avec leurs maris. Elles avaient donc les coordonnées des organisateurs. un nom ressortit, celui de Sacha Murbeet.

Daniel nota les coordonnées et alla s'isoler dans le bureau d'à côté.

Ils savaient tous les trois que le corps était là au milieu d'eux, mais ils n'en parlaient pas. Ils le gardaient à l'oeil, et évitaient tout contact en le contournant si besoin. Il ne fallait pas poser de questions, ce n'était pas le moment pour cela. Il fallait partir, et il fallait le faire immédiatement. Il y avait maintenant des victimes dans l'appartement d'à côté, et compte tenu des détonations, on pouvait facilement imaginer que la police n'allait pas tarder à investir l'immeuble.

Anne s'était maintenant habillée, Charlotte l'avait aidée. On distinguait, malgré les pansements, des tâches rougeâtres sur son chemisier. Elle parvenait à tenir debout, et elle réussit même à faire quelques pas dans le studio. Il fallait sortir, se mettre en sécurité ailleurs. On répartit les rôles, Charlotte ouvrait la marche pour vérifier que la voie était bien libre. Elle portait le sac de sa mère, ainsi que l'enveloppe. « Elle est très précieuse » lui avait dit sa mère « prends en soin ». Sylvain aiderait Anne à se déplacer, notamment pour descendre au rez de chaussée.

L'immeuble était vide en cette fin de matinée, ils gagnèrent la cour sans rencontrer personne. L'idée était de gagner l'arrière cour, de sortir par la porte du fond et de disparaitre dans les rues plus discrètes que l'avenue devant l'immeuble. Ils arrivèrent devant la porte et tentèrent de l'ouvrir sans succès. Un feuille sous plastique avait été fixée sur le mur juste à côté de la porte : « pour votre sécurité, cette porte a été fermée à clé. Le gardien tient les clés à votre disposition si besoin ».

- J'y vais, souffla Charlotte, déterminée.

Elle retraversa la cour et entra sous le porche. La porte de l'immeuble qui donnait sur la rue était ouverte, le gardien se tenait sur le trottoir en grande discussion avec madame Montbaron. Charlotte entendit les mots police, coup de feu. Ils guettaient la rue et semblaient attendre quelqu'un. La porte de la loge du gardien était restée ouverte. Charlotte ne se posa aucune question lorsqu'elle pénétra à l'intérieur. Le tableau des clés était sur le mur à droite, une trentaine de trousseaux était disposés à des clous, tous étaient équipés d'une étiquette. Il lui fallu à peine dix secondes pour trouver ce qu'elle cherchait et dix nouvelles secondes pour retraverser la cour, cette fois ci en courant.

Elle ouvrit la porte du fond et ils disparurent dans la rue derrière. Ils laissèrent la porte entrouverte, les clés sur la serrure, la police investira bientôt l'immeuble, la sécurité de ses occupants ne sera plus un problème.

12.

David allait à reculons à ce rendez-vous. Il s'était engagé, et il avait besoin de cet argent. Il se posait néanmoins beaucoup de questions, il était un peu en avance et décida de s'offrir un café dans la brasserie en face de l'immeuble. Il aperçu Paul au dernier moment, lorsque ce dernier le vit, il l'invita à s'asseoir à sa table.

- Comment va-t-elle ? Demanda David.
- Pas très bien, je le crains. Vous savez David votre mère est très malade.
- Je le sais.
- Elle ne va pas pouvoir rester chez nous plus longtemps, j'aimerais que vous montiez et que vous la rameniez chez vous, si vous avez besoin je peux appeler un taxi.
- Ah bon, mais pourquoi ?
- Parce que j'ai pas la place, je n'ai pas le temps, j'ai ma vie avec ma femme et ma fille. Il n'y pas de place pour elle dans cette vie. Je suis désolé.
- J'ai l'impression qu'il n'y a pas de place dans la vie tout court pour elle.

La dernière remarque est très sèche, pourtant le jeune homme l'avait dit sans reproche, il était pensif, plus contrarié que malheureux. Paul était déterminé à se débarrasser de Sophie, il n'aimait pas le ton que prenaient les choses. Il se rendait compte qu'il ne connaissait pas cette femme, qu'elle représentait un souvenir de lycée, celui d'une autre époque. Il avait eu très envie de s'y plonger, mais on ne bâtit pas son avenir en regardant en arrière. Il observa le jeune homme devant lui, pour bien faire les choses il devait aussi avoir une conversation avec lui.

- Ecoutez je ne sais pas ce que vous a dit votre mère, mais je dois vous dire quelque chose d'important. Je ne suis pas votre père, j'en suis désolé, mais je préfère qu'il n'y ait pas de malentendu.
- Pardon ?

- Je vais faire court, j'aurais pu avoir un enfant avec Sophie il y a plus de vingt ans. Elle m'a dit que vous étiez cet enfant et je ne le crois pas. J'espère que vous trouverez votre père, mais ce n'est pas moi.

David sembla très contrarié, il devint très nerveux, regardant à gauche et à droite comme si quelqu'un allait lui sauter dessus.

- Ça ne me plait pas du tout, ça ne devait pas se passer comme cela.
- Que voulez-vous dire ?
- Je n'ai rien fait d'illégal, moi !
- Bien-sûr que non ! Que se passe-t-il David ?
- Je ne m'appelle pas David, je ne suis pas le fils de Sophie. Je suis un comédien, elle m'a embauché pour jouer le rôle de son fils. Je devais la sortir de l'hôpital, l'emmener chez vous pour qu'elle emménage avec vous et disparaitre après de votre vie. Il n'est pas du tout prévu que je la ramène chez moi ! Croyez-moi on a déjà passé une nuit à se mettre en scène et c'était hyper glauque. Vous pouvez me juger mais vous ne me connaissez pas, vous ne connaissez pas le quotidien d'un jeune comédien qui galère ! J'ai besoin d'argent moi !

Le jeune homme se leva et quitta la terrasse. Paul l'interpella.

- Attendez ! Où êtes-vous aller la chercher, dans quel hôpital ?
- En psychiatrie, à Sainte-Anne ! Qu'est-ce que vous croyez !

Il tourna les talons et disparu comme il était venu. Paul resta sous le choc. Cette femme était plus dangereuse qu'il ne l'avait imaginé. Il se rassit mais n'eut pas le temps de digérer ces révélations. Trois voitures de police, sirènes hurlantes, venaient de s'arrêter devant la porte de son immeuble. Au même moment la voiture de sa femme s'immobilisa devant la terrasse. Il aperçu son épouse à l'arrière à côté de sa fille, elle paraissait fatiguée mais en bonne santé. Sylvain sortit de la voiture du côté conducteur. Il avança vers Paul et lui tendit les clés de la voiture.

- Je pense que c'est mieux si c'est vous conduisez !

Les choses s'était enchainées très vite pour Daniel et Louise. Il y avait d'abord eu ce contact avec l'organisateur des séances pour les alcooliques. Il avait bien essayé de leur parler de cette méthode révolutionnaire qui donnait, selon lui, des résultats bien supérieurs aux méthodes traditionnelles. Mais cela n'intéressait pas les policiers, ils étaient pressés de connaitre l'identité des participants.

- Ce n'est pas possible, leur avait répondu Sacha Murbeet, le principe même de la méthode est fondé sur l'anonymat. Rien n'empêche les participants de se parler entre eux évidemment. Mais nous ne participons pas directement aux travaux, j'ignore si ce groupe l'a la fait, mais nous ne connaissons personne.
- Vous vous souvenez de ce groupe là ? Lui avait demandé Louise.
- Bien-sûr douze hommes et une femme, c'était rare d'avoir un groupe aussi nombreux et aussi déséquilibré en terme de représentativité.
- Vous pourriez nous décrire cette femme ?
- Je peux faire mieux que ça ! Nous prenons tout les groupes en photo, c'est la seule entorse à l'anonymat que nous nous autorisons. Nous les affichons dans nos locaux sur un wall of fame ! Je peux vous envoyer la photo du groupe si vous voulez !

Quelques minutes plus tard Louise et Daniel avaient le regard fixé sur une photo sur l'écran d'un ordinateur. Douze hommes et une femme. On reconnaissait facilement toutes les victimes sauf le visage d'un homme qui restait inconnu. La dernière victime potentielle, la personne à sauver pour les deux policiers. L'identité de cet homme était inconnue mais cela ne devrait pas poser beaucoup de problèmes, il avait l'identité de la femme. Daniel avait reconnu au premier instant le visage de sa voisine du premier. Ils s'apprêtaient tous les deux à quitter précipitamment le bureau, lorsque le portable de Daniel vibra. Il jeta un oeil à l'écran, c'était sa femme. Il rappellera plus tard.

13.

Cela faisait deux mois maintenant que la famille Dubreuil s'était volatilisée dans la nature, personne n'avait eu de nouvelles d'eux, à commencer par les services de Police qui les cherchaient activement. Daniel était convaincu qu'ils avaient quitté le pays. Anne était recherchée pour douze assassinats et Paul était suspecté d'être impliqué dans un double meurtre. Daniel aurait donné cher pour avoir ses anciens voisins sous la main, il avait énormément de questions à leur poser.

Comme d'habitude, la situation s'éclaircit au moment où il s'y attendait le moins. Ce matin là, il était en congés, il faisait des recherches sur internet pour trouver un nouveau cadeau pour son épouse, le robot aspirateur n'avait pas semblé lui faire autant plaisir que ce qu'il avait imaginé. La notification d'un nouvel email apparut dans un coin de l'écran. L'expéditeur était inconnu et l'objet indiquait « quelques explications ». Daniel l'ouvrit et le lu sans hésiter.

« Daniel,
J'ai appris tardivement que vous étiez en charge de l'enquête me concernant. Je vous ai toujours porté en estime, et mon mari et moi vous avons toujours considérés comme d'excellents voisins. C'est la raison pour laquelle je vous écris aujourd'hui, pour vous donner les explications qui vous permettraient d'avoir de meilleures relations au bureau, ou en tout cas de dormir plus apaisé. Nous sommes loin maintenant et sauf miracle, vous ne nous mettrez jamais la main dessus. J'ai tout fait pour cela. Bien-sûr vous tracerez cet email, vous trouverez probablement une localité en Chine, mais nous n'y serons plus. Nous ne voyageons pas sous nos vrais noms et nous avons les ressources nécessaires pour tenir le temps qu'il faudra.
Revenons à l'affaire qui nous intéresse. J'ignore si vous l'aviez remarqué, j'ai eu quelques soucis avec l'alcool. C'est en fait assez simple, je devais boire beaucoup et très régulièrement pour me sentir bien. C'était une addiction qui

m'a pourri la vie, j'ai essayé de m'en débarrasser vous savez. J'ai participé à énormément d'initiatives dans ce sens mais rien n'a fonctionné. Il en ressort encore plus de dégoût pour sa propre personne et une irrésistible envie de noyer tout cela dans un nouveau verre. C'est moche non?
Un jour j'ai entendu parler d'une méthode révolutionnaire par une collègue, on annonçait un taux de réussite de 95 %. Je me suis inscrite, emballée par le concept. L'idée était de réunir un groupe pendant trois soirées étalées sur trois semaines. Il fallait boire sans retenue jusqu'à se dégouter soi-même. Au delà de la beuverie, il fallait provoquer une colère et l'orienter non pas sur soi, mais sur l'alcool, le participant était ensuite censé rejeter très loin de soi tout ce qui représentait l'alcool de près ou de loin.

La première soirée a été plutôt calme, j'étais la seule femme parmi douze hommes. On m'avait posé la question avant et j'ai accepté cette situation, j'avais l'habitude d'évoluer dans un milieu d'hommes et je savais que j'étais capable de tenir l'alcool plus facilement que la majorité d'entre eux. Une espèce de prouesse dont je ne suis finalement pas si fière. La première soirée a été relativement calme donc, on a fait connaissance et on a bu raisonnablement, en tout cas raisonnablement pour nous. Je suis revenue la semaine suivante, j'étais partagée, plus franchement convaincue par la méthode dont je voyais certaines limites. J'étais néanmoins déterminée à aller au bout de l'expérience. Plusieurs hommes du groupe étaient déjà présents quand je suis arrivée, ils étaient complètement ivres, je les ai rapidement rejoins. Vers la fin de la soirée, je pense que j'étais dans un état que j'avais rarement atteint jusque là. Je vous assure que ce n'était pas beau à voir et que je n'en suis pas fière. J'étais sur le canapé lorsque j'ai été rejointe par un des participants. Je crois que nous avons beaucoup rigolé. C'est en tout cas un des rares souvenirs que j'ai. Je ne me souviens pas l'avoir embrassé, ni m'être déshabillée ou encore l'avoir aidé à le faire, mais je me souviens de son corps nu sur le mien, je me souviens du plaisir à être ensemble. Je me souviens aussi ne pas l'avoir repoussé à aucun instant et même l'avoir serré fort dans mes bras. Qui nous avait vu ? Je n'en sais rien, peut-être tout le monde, peut-être personne. Le canapé n'était pas dans la pièce principale et l'état général des troupes ne favorisait pas la mobilité.

Evidemment le lendemain a été douloureux, peut être la cuite la plus difficile à gérer de ma vie. J'ai senti ce sentiment de dégoût et de colère, peut-être n'étais-je pas si loin de la liberté. Il fallait y retourner pour cette dernière séance, celle qui permettrait de tourner la page définitivement, je n'étais pas loin, encore un dernier effort en quelque sorte.

Je suis arrivée en retard ce soir là, peut être un signe inconsciemment, il ne fallait pas que j'y aille. Ils étaient tous ivres, je m'y attendais, j'avais presque une heure de retard. Je n'ai pas vu tout se suite le danger, j'ai eu le temps de retirer mon manteau et de me servir un verre avant que tout dérape. Il y eut d'abord ces mains, plusieurs, très entreprenantes, partout sur mon corps. Ces bouches qu'on me forçait à embrasser, ces vêtements qu'on m'arrachait et les leurs qui tombaient sur le sol. Et puis il y a ces douleurs immenses et profondes. Des déchirements intérieurs qui saisissent tout le corps. Ils étaient tous ivres et moi non. Je les voyais un par un défiler. Je les ai compté, huit m'ont violée, quatre ont fait semblant de ne rien voir. Je les ai regardé dans les yeux même si eux n'osaient pas le faire. C'était eux, c'était les maris, les pères de famille, les hommes d'affaires bien rangés dans leur petite vie bien tranquille ! L'alcool n'y était pour rien, ils étaient coupables, tous. Ces ateliers étaient une mascarade, combien de souffrance fallait-il endurer pour se libérer ? C'est ce soir là que j'ai décidé de me venger. J'allais les punir un par un, tous allaient mourir. Ceux qui m'ont violée et ceux qui ont laissé faire. Tous coupables, de la même manière.

Je sais ce que vous pensez Daniel. On ne rend pas la justice soit même. Vous avez raison, c'est d'ailleurs ainsi que j'ai élevé ma fille depuis des années. Pourtant je n'avais pas d'autres moyens pour reprendre la main sur ma propre vie ! C'est pour cela que j'ai à nouveau couché avec chacun d'entre eux, pour reprendre la main sur mon corps, reprendre l'initiative et ne plus subir. Aucun ne s'est montré réticent pour le faire, quelle lâcheté ! Quelle ignorance !

Voilà, vous savez tout. J'imagine que des aveux non signés envoyés d'une boite email anonyme ne valent pas grand chose, alors vous ferez ce que vous voulez de ces écrits. Prenez cela comme une carte postale que des voisins s'envoient en vacances ou comme une gigantesque blague, ça ne change pas grand chose pour moi.

Bien à vous

Anne »

Daniel relu l'email trois fois, il soupira et cliqua sur l'icône poubelle. L'email disparu de l'écran. Il retourna sur le net et tapa « cadeau respectable pour femme au foyer qui s'ennuie à la maison ». Il venait de rajouter « respectable », les premiers résultats ne lui avaient pas paru adaptés à son épouse.

14.

Le bus était fortement secoué par l'état de la route qui ralentissait la progression. Sylvain avait déjà fait plus de 24 heures de voyage. Il avait pris trois vols différents pour atterrir à Katmandou, il s'état jeté dans le premier bus pour Pokhara.

Le bus progressait lentement et ça lui allait bien à Sylvain. Prendre le temps d'admirer le paysage, les montagnes immenses, les forêts et les villages traversés. Et les femmes, les hommes et les enfants. Bien-sûr, il y avait un nombre important de touristes, apprentis alpinistes et randonneurs chevronnés qui avaient traversé le monde en entier pour se frotter au mythe himalayen. Mais il y avait surtout les népalais. Un peuple des montagnes qui semblait sourire à une vie qui ne souriait pas toujours. Combien de familles avaient été anéanties dans le dernier séisme. Combien de personnes vivaient dans la misère pendant que des occidentaux venaient dépenser des milliers de dollars pour prendre l'air en altitude et côtoyer l'Everest ou l'Anapurna.

Il s'offrait une parenthèse de quelques semaines dans sa jeune vie d'adulte. Une parenthèse pour souffler, pour découvrir et pour aimer. Bientôt il y aura un retour en France avant un nouveau voyage, de nouvelles retrouvailles. En attendant, profiter simplement de chaque seconde. Ne pas avoir peur de la suite mais lâcher prise.

Après huit heures de trajet, il arrivait enfin à destination. Harassé mais heureux, il sentait extrêmement léger, tout lui plaisait. Il se sentit vivant.

Vivant, vraiment. Encore plus lorsqu'en descendant du bus, elle couru vers lui et se jeta dans ses bras. Ils rirent et pleurèrent en même temps, leur baiser fut long. Tellement long qu'ils s'embrassaient toujours lorsque, un peu plus tard, il se déshabillèrent dans la chambre d'une guest house et firent l'amour.

Vivant, vraiment. Si loin de ce qu'il connaissait et si proche de Charlotte, épuisé mais heureux Sylvain s'endormit.

Lorsqu'il se réveilla, il faisait déjà nuit. Il descendit dans la salle principale et fut accueilli par Paul, celui-ci lui fit un grand sourire.

- Bienvenu au Népal Sylvain !

Il marmonna un merci et se laissa prendre dans les bras.

- Les filles sont dehors, viens avec moi.

Il se laissa guider, ils sortirent du bâtiment et traversèrent un jardin dans l'obscurité. Des tables étaient installées un peu plus loin, une dizaine de personnes étaient là, on y distribuait des jus de fruit au bar sur fond de musique népalaise. Charlotte et Anne étaient assises à une table au fond, elles leur firent un signe de la main. Paul répondit.

- Il faut prendre soin des femmes Sylvain tu sais. Elles sont précieuses et on ne ferait rien sans elles.

Il n'avait pas à s'inquiéter, Sylvain ferait n'importe quoi pour Charlotte. Cela tombe bien, elle allait l'obliger à voyager un peu ces prochaines années.

FIN

© 2019, Camille Georges

Edition : Books on Demand,
12/14 rond-Point des Champs-Elysées, 75008 Paris
Impression : BoD - Books on Demand, Norderstedt, Allemagne
ISBN : 9782322109760
Dépôt légal : Janvier 2019